心霊探偵八雲
INITIAL FILE
魂の素数
神永学
KAMINAGA MANABU
講談社

◉目次

心霊探偵八雲　INITIAL FILE　魂の素数

これは、ぼくが彼女に出会う前のできごと——

第一話　思考のバイアス

プロローグ

トンネルというのは、どうしてこうも不気味なのだろう。

入り口を潜《くぐ》った先に異世界があるなんて、馬鹿げた妄想をするほど子どもではない。同じように道があるだけだということは分かっている。

今、目の前にあるトンネルは、昔ながらの半円形のそれではなく、四角くくり抜かれていて、歩道も整備されている。不安を煽るオレンジ色の灯《あか》りでもない。極めて近代的な構造をしたトンネルだ。

それなのに、それでも、怖いと感じてしまう。

——余計なことを考えるのは止《や》めよう。

ほんの数十メートルの距離だ。向こう側も見えている。何も怖がることはない。幽霊などいるはずがないのだ。

私は気持ちを切り替えてトンネルの中に足を踏み入れた。

コツン——。

靴音がやけに大きく反響する。

歩く度に、それは数を増し、まるで追いかけられているような錯覚に陥る。自然と心臓が早鐘を打つ。

ああ。だからトンネルは嫌いだ。

急いで抜けようと歩調を速めるのだが、そうすればするほどに靴音の反響は大きくなり、自分以外の誰かの存在を感じてしまう。

あと少しで、トンネルを抜けるというところで何かを踏んだ。柔らかい感触だった。

思わず足を止めて下を見る。

「ひっ！」

奇妙な声が出た。

目が。

白い部分のない、真っ黒い目が、じっと私を見ていた。

それは熊のぬいぐるみだった。

枕ほどの大きさで、宝石の嵌め込まれたピンク色のリボンが付いている。かなり古いぬいぐるみらしく、中の綿が抜けてへたっている上に、表面も汚れていた。

誰かが捨てて行ったものかもしれない。いや、捨てるのだとしたら、トンネルの中というのは不自然だ。落としてしまったに違いない。だが、それを拾って交番に届ける気にはならなかった。

汚れているぬいぐるみを持ちたくなかったというのもあるが、それだけではない。

そのぬいぐるみからは、何だか嫌な気配が漂っていた。

私は、「ごめんね」と心の内で詫びながら、足をどけると、ぬいぐるみから目を逸らして歩き始めた。

ヒールはアスファルトを踏んでいるはずなのに、どういうわけか綿の上を歩いているような感触がする。それは、まるでぬいぐるみの上を歩いているような……。

「そんなはずない」

私は、自分に言い聞かせつつ歩調を速めた。

しばらく歩いたところで、おや——と思う。

おかしい。トンネルの長さは、数十メートルのはずだ。もうとっくにトンネルを出ていいはずなのに、まだ出口に辿り着かない。

——どういうこと？

辺りを見回した私の視界に、思いがけないものが飛び込んできた。

それは、さっき踏んだ熊のぬいぐるみだった。片方の耳が潰れた熊のぬいぐるみは、真っ黒な目をじっとこちらに向けている。

——な、何で？

私は、慌てて駆け出した。

乾いた靴音がトンネルに響く。それなのに、足に伝わる感触は、綿のようにふわふわしている。

前に進んでいるはずなのに、いくら走ってもトンネルの出口に辿り着かない。

ずるっ、ずるっ——。

何かを引《ひ》き摺《ず》るような音が聞こえる。

走りながら振り返ると、あの熊のぬいぐるみが、アスファルトの上を這うようにして、私のあとを追って来る。

こちらは走っている。向こうは匍匐《ほふく》前進だ。追いつかれるはずがないのに、熊のぬいぐるみとの距離は、どんどん縮まっている。

私が叫び声を上げるのと同時に、身体《からだ》にどんっと鈍い衝撃が走る。

気付いたときには、アスファルトの上に仰向けに倒れていた。

起き上がろうとしたのだが、なぜか身体が動かなかった。靴音が聞こえてくる。コツコツと響くその音は、段々と近付いて来た。

そして、私の視界に黒い影が映った。

誰かが私の顔を覗き込んでいる。暗くて判然としないが男だということは分かった。

その男は、にたっと笑いながら顔を近付けて来る。

「嫌！　来ないで！」

私は悲鳴と共に目を覚ました。

そこは、トンネルの中ではなく、見慣れた自分の部屋のベッドの上だった。夢を見ていたんだ。それを自覚し、ほっと胸を撫で下ろす。

「どうして、あんな夢を……」

頭を抱えながら呟いたのだが、その答えはすぐに見つかった。

昨日の夜の帰り道、あのトンネルを通ったとき、熊のぬいぐるみが落ちているのを見つけた。少女向けのアニメに登場するキャラクターで、首にピンクのリボンが付いていて、そのリボンに宝石を嵌めると、台詞《せりふ》を喋ってくれる。私も、同じぬいぐるみを持っていたので知っていた。

誰かが落としたのかもしれない。気にはなったのだが、それを手にすることは躊躇《ためら》われた。それで、熊のぬいぐるみを道の端に足で避《よ》けておいたのだ。

そのとき、ぬいぐるみから嫌な臭《にお》いがした。

腐った魚のような、ぬらぬらと鼻にまとわりつく臭いだ。

とにかく、あの熊のぬいぐるみのせいで、嫌な夢を見てしまったのだろう。

「ねぇ」

耳許で声がした。

顔に生臭い臭いがかかる。ぶるっと身震いしながら、私は反射的に振り返った。

そこには——。

熊のぬいぐるみがいた。

「……痛いよ……助けて……」

熊のぬいぐるみが、黒い目で私を見つめながら言う。

私は悲鳴を上げ、慌ててその熊のぬいぐるみを投げ捨てた。熊のぬいぐるみは、壁に当たり、首をぐにゃりと曲げた不自然な姿勢で床に転がった。

——今のは何だったの？

気持ちを落ち着けようと、何度も深呼吸をする。

これは夢だ。自分に言い聞かせていると、ふと誰かの視線を感じた。

顔を上げると、そこには一人の少女が立っていた。

少女は、私と目が合うと、にっこりと笑った。

その口の端から、ドス黒い何かがボタボタッと滴《したた》り落ちた。それは血だった。鮮血ではない。時間が経過して固まりかけた粘度の高い血——。

「ダメだよ……その……はダメ……」

少女は、そう言いながらゆっくりと私の首に向かって手を伸ばして来た。

その手は、生きている人間のものとは思えないほど白く、血管が青く浮き上がっていた。それだけではない——。

少女の頭は陥没していて、そこから夥しい量の血が流れ出ていた。

少女の手が、私の首に触れる。

「いやぁぁ！」

私は、叫び声とともに目を覚ました。

自分の部屋だった。呼吸が荒い。背中にびっしょりと汗を掻いている。辺りを見まわしてみたが、少女の姿も熊のぬいぐるみもなかった。

夢から醒めたつもりだったのだが、まだ夢の中にいたようだ。

ようやく現実に戻ってきた。本当にそうか？　もし、これも夢だったとしたら？　そう思うと、言い様のない恐怖に襲われた。

はっと顔を上げると、箪笥《たんす》の上にあの熊のぬいぐるみがのっていた。

無機質なはずの目に、狂気が宿っているような気がして、私は慌てて部屋を飛び出した。

I

「あの、斉藤《さいとう》君——」

声をかけられたのは、斉藤八雲《やくも》が課題だったレポートを回収し、教室を出たときだった。

振り返ってみると、そこには同じ大学生と思われる女性が立っていた。服装とメイクは清楚風だが、あざとさが透けて見える。

——なぜ、こいつはぼくの名前を知っているんだ？

大学に入学して、まだ一ヵ月足らずだというのに、周囲の人間の名前を覚えるとは、よほど暇なのだろう。

「御子柴《みこしば》先生のところに、レポート届けに行くんだよね。大変でしょ。私も一緒に行くよ」

彼女は、にっこりと笑みを浮かべると、なぜか首を傾げてみせた。

一番後ろの席に座っていたという理不尽な理由で、課題のレポートを回収し提出するという役回りを言い渡されたが、ただ持って行くだけだ。重い荷物を持っている訳でもないし、面倒ではあるが、誰かに手伝ってもらうほど大変なことなど一つもない。

――というか、こいつ誰だ？

口ぶりからして、同じ講義を受けている学生のようだが、まったく記憶にない。

「一人で充分だ」

八雲は、早々に踵《きびす》を返して歩き出した。

それなのに、彼女は緩んだ笑いを浮かべながら、隣に駆け寄って来て並んで歩き始めた。

手伝うと言っておきながら、ただ隣にいるだけなら、はっきり言って邪魔だ。

「自己紹介まだだったね。私は万里《まり》。飯塚《いいづか》万里。私、講義のときに斉藤君のこと見ていて、ずっと気になってたんだ。ねえ。斉藤君って、八雲って名前なんだよね。由来って何なの？　なんか、雰囲気と合っててかっこいいよね」

「…………」

――誰が喋っていいと言った。

「ねえ。これから、斉藤君のこと、やっくん――って呼んでいい？」

「いいわけあるか」

「え？」

聞こえるように言ったはずなのに、彼女はきょとんとした顔をしている。

聴力に問題があるのか、現実を直視できないのか――何《いず》れにせよ、馴れ馴れしいにも程がある。声をかけられるだけで面倒だというのに、そんな訳の分からないニックネームを付けられるなんて冗談じゃない。

　さっさといなくなればいいのに、彼女はまだ喋り続ける。

「実は、斉藤君に相談があって。私、読者モデルとかもやってるんだけど、そのせいで変な人に付きまとわれるようになっちゃって……」

「…………」

　——だからどうした。ぼくには関係ない。

「それでね。もし良かったら、斉藤君に色々と話を聞いて欲しいなって思って。今度、一緒にご飯とか食べながらどうかな？」

　彼女は八雲の前に回り込み、両手を後ろに回して、上目遣いの視線を送ってきた。

「ぼくが、話を聞くメリットは何？」

「え？」

「見ず知らずの人間の相談を受けるからには、それ相応の見返りがあって然《しか》るべきだと思うね」

「そうだよね。じゃあ、私とデートってのはどう？」

　——よくもまあ恥ずかしげもなく、そんなことを真顔で言えるものだ。

「悪いけど、あなたとのデートはぼくにとって苦痛でしかない。苦痛を見返りに求めるほど、ぼくはマゾヒストじゃない」

「なっ！」

「邪魔だからどいて」

八雲が言うと、彼女は、信じられないとでも言いたげな表情を浮かべつつも、進路を空けるように身体をどけた。何をそんなに驚く必要がある。信じられないのはこっちの方だ。いきなりペラペラと一方的に話しかけられ不愉快だ。

八雲は、立ち止まることなく、彼女を置き去りにして歩みを進めた。

「何よ。せっかく誘ってあげたのに、ちょっとかっこいいからっていい気になって。私くらい可愛かったら、他にいくらでも相手がいるんだからね」

バカらしくて反論する気にもなれない。

外見だけで人間の価値そのものを決めつけてマウンティングするなんて、幼稚にも程がある。まあ、これでもう絡んでくることはないだろう。

八雲は、無視したまま歩みを進めた。やがて、提出先である御子柴准教授の研究室の前に辿り着く。

「失礼します」

声をかけながらドアをノックしたが、反応はなかった。

どうやら不在にしているらしい。部屋の主《あるじ》が帰って来るまで待つか、改めて足を運ぶべきだろうが、正直に言って面倒臭い。

課題のレポートを回収したので、それを届けに来ただけだ。さっさと終わりにしたい。

ドアの前に、纏《まと》めて置いておくことを真剣に考えつつ、試しにドアノブを回してみると、すんなりとドアが開いた。

不用心だとは思わない。大学の准教授の部屋に、リスクを冒して盗むほど価値のあるものなどないだろう。

とにかく、課題をデスクの上にでも置いて、さっさと退散しよう。

部屋の中に入ったところで、八雲は思わず眉を顰《ひそ》めた。

さほど広い部屋ではないのに、段ボール箱がところ狭しと積み上げられている。壁際に置くなりすれば、少しはマシになるのだろうが、浮島のようにぽつぽつと積んであるので、どうにもならない。

講義の内容を聞く限り、非常に几帳面な人物だという印象を持っていたが、それは思い込みだったようだ。よくもまあ、これだけ非効率なスペースの使い方ができるものだ——と逆に感心してしまう。

何にせよ、准教授のデスクはこの段ボール箱の森の奥だろうから、そこまでは運んでおこう。

幾つかの段ボール箱の間を抜けると、窓を背にして置かれたデスクが目に入った。

そのデスクの上にも、大量の資料が積み上げられていたが、真ん中の辺りだけは、若干スペースができていた。

そのスペースに回収してきた課題の束を置くと、近くにあったメモ用紙に、ここに置いておく旨を記載して貼り付ける。

――これでいい。

そのまま、部屋を出ようとしたのだが、ふと人の視線を感じた。

じっとりと絡みつくような視線だった。

――嫌だな。

見る前から、そこに何がいるのかが分かってしまった。無視して、そのまま立ち去り、無かったことにしてしまえばいい。そう思ったのだが、気付いたときには、視線のある方向に顔を向けてしまった。

壁際に置かれたキャビネットの前あたりに、立っている男がいた。

その姿は、霧の中にいるようにぼんやりとしている。生きている人間でないことは明らかだ。

試しに掌《てのひら》で左眼を隠してみる。

それと同時に、ふっと男の姿が消えた。やはりそうだ。

八雲の左眼は生まれつき赤く染まっている。普段はカラーコンタクトレンズで隠しているのだが、ただ単に瞳が赤いだけではなく、他人には見えないものが見える。

死者の魂――つまり幽霊だ。

生まれたときから、ずっと見えている。見えることが当たり前だった。それが日常だった。

見えているのが、自分だけだと気付くのに、ずいぶんと時間がかかった。

他人に見えないものが見えるというのは、決して便利なことではない。現世に彷徨《さまよ》い歩く幽霊というのは、この世に何かしらの未練を残し、しがみついているものだ。そして、それは負の感情であることがほとんどだ。

怒り、憎しみ、哀しみ——本来、見なくてもいいはずの人間の醜さを目の当たりにし続けることは、何よりの拷問だ。

「止めよう」

頭に浮かんだ感傷を振り払い、その場から立ち去ろうとしたが、それを遮《さえぎ》るように声がした。

チューニング中のラジオのように音が歪《ひず》み、ノイズが走ってしまって、何と言っているのかは聞き取れないが、目の前にいる幽霊が発した言葉であることは間違いない。

どうやら、見えていることに気付かれてしまったようだ。

——厄介だな。

思わずため息が漏れる。こちらは、できるだけ関わりたくないのに、認知されていると分かると、幽霊は嬉々として何かを訴えかけてくる。

姿を見ることはできるし、何となく相手の言っていることは理解できる。だが、生きている人間と同じように、対話が成立するとは限らない。とても不安定で、その意図を明確に察することができない。

だから、何もしてやれない。そもそも、何かしてやる義理もない。

「こっちを見るな」

八雲が呟くように言うと、目の前の幽霊は、デスクの脇にすうっと移動すると、視線を落として何かを注視した。

その視線の先には、チェス盤が置いてあった。

チェスはやったことがないが、それでも初期配置でないことは分かった。誰かと勝負をしている途中なのだろう。

幽霊は、白い馬の形をした駒に手を伸ばし、それを摘まむ。

だが、それは仕草だけで、実際に駒を持つことはできていなかった。八雲は、これまでの経験から、幽霊は死んだ人の想いの塊《かたまり》だと定義している。つまり、物理的な影響力は及ぼさない。生きている人間はもちろん、物体に触れることもできない。

幽霊も、そのことは分かっているらしく、馬の形の駒を別のマスに動かす素振りだけしてみせた。

「この駒を動かせと？」

八雲が問うと、幽霊は微《かす》かに頷《うなず》いた。

この幽霊は、途中になったチェスの決着をつける為に、現世を彷徨っているのかもしれない。ちょっと駒を動かすだけで、満足してくれるならそれでいい。

八雲は白い駒を摘まむと、幽霊が指定したマスに置いた――。

すると今度は、その男性の幽霊は黒い駒を同じ要領で動かす仕草をした。こっちも、同じようにやれということか？

それで満足して消えてくれるならと、男性の幽霊の動きに合わせて幾つか駒を動かした。再び白い馬の形をした駒を手に取ったところで気配を感じた。

「お前はチェスの経験があるのか？」

急に聞こえてきた声に、慌てて振り返る。

そこには、一人の男が立っていた。ひょろっとした長身で、白衣を纏っている。この部屋の主、准教授の御子柴岳人《がくと》だ。

パーマを失敗したようなぼさぼさの髪のせいで、何処《どこ》か野暮ったい印象がある。まあ、髪については、八雲も他人のことを言えた義理ではない。

外見が風変わりではあるが、授業の内容はもっと独創的だ。

教室に入って来るなり、出欠も取らずに、一方的に喋りたいことを喋り続ける。生徒に質問することもなければ、逆に質問を受けることもしない。うっかり、手を挙げて質問をしようものなら、「アホ」だ「マヌケ」だと罵倒されて終わるだけだ。

そして、残り十五分になると、小テストを配布して、さっさと部屋を出て行ってしまう。しかも、その小テストは授業の復習的な内容でもなく、全く関係ない問題が出される。

そんな御子柴のことを批難する生徒は多いが、八雲はむしろ好感を抱いていた。一方的に喋るだけだが、御子柴の説明はすこぶる分かり易い。

あれだけ分かり易い説明を受けているのに、「分からない」と質問したのでは、「アホ」と罵倒されても仕方ない。

何にしても、御子柴が変わり者であることは間違いない。余計な発言をすれば、妙な絡まれ方をするかもしれない。素直に謝って、早々に退散しよう。

「いえ。ありません」

「では、どうしてそのマスにナイトの駒を置いた？」

「勝手に触ってすみません。駒は元に戻します。レポートはデスクの上に置いておきました」

すぐに駒を元に戻そうとしたが、御子柴はそんな八雲の手を摑んだ。

「はぐらかすな」

「はい？」

「質問に答えろ。なぜ、ナイトをそのマスに動かした？」

そんな風に問われても困る。

何か意図があって動かした訳ではない。すぐそこにいる幽霊の指示に従っただけだ。だが、そんなことを言ったところで、どうせ信じてはもらえないし、ややこしいことになるだけだ。

「偶々《たまたま》です」

「嘘を吐《つ》いているな」

「嘘じゃありません。ぼくは、チェスのルールすら知らないんですから」

「それがおかしいと言っている」

「はい？」

「お前が動かしたのは、ナイトの駒だ。詳しい説明は省くが、ナイトが動ける場所は最大八ヵ所。チェスは全部で六十四マスあるから……」

「八分の一の確率ということですよね。それくらいの偶然は、あるんじゃないんですか？」

八雲は、御子柴の手を振り解くようにしながら言った。

「ただ、動かすだけならな」

「え？」

「そもそも、なぜナイトの駒を手に取った？　現在、盤上にチェスの駒は全部で三十二ある。つまり、そのナイトの駒を手に取るだけで、三十二分の一ということになる。それだけじゃない。指し手の順番も合っている」

「いや、でも……」

——これは想像以上に面倒臭い。

御子柴は、全ての事象を確率に当て嵌めて思考しているらしい。八雲も、ロジカルに思考する癖があるが、そんなものの比ではない。病的と言ってもいいほどだ。

「他にも引っかかることがある。初心者にチェスの駒を動かさせた場合、九〇％以上の人間が、無意識に駒を前に進めようとする。だが、お前は斜め左後ろのマスに動かした」

「ですから、偶々です。ただ何となく、動かしただけで……」

——まだ続くのか。

答え方を間違えてしまったようだ。適当にチェスが好きだと言っておけば良かった。

「ぼくはそう思わない」

「どうしてです？」

「お前が駒を動かすところを見ていた。一切の迷いがなかった。意図があって駒を動かしたとしか思えない」

――ぼくには幽霊が見えるんです。その幽霊に指示されて駒を動かしました。

そう言おうかと思ったが、止めておいた。

御子柴のように、数字に捕らわれた人間が、幽霊が見えるなどという話を信じるはずがない。

「ですから、ぼくは……」

反論を遮るように、勢いよくドアが開いた。

慌てた様子で部屋に入って来たのは、若い長身の女性だった。メガネをかけ、背中まである長い黒髪を一纏めにしていた。

「御子柴先生。ちょっと急ぎの案件があるんですけど……」

その女性は、八雲を一瞥したあと、ズカズカと御子柴に歩み寄って来た。

これはいいタイミングで逃げる口実ができた。

「レポートはデスクの上にありますので。では、ぼくはこれで――」

それだけ言うと、御子柴の返答を待つことなく、そそくさと部屋を出た。

2

八雲は、御子柴の部屋を出たあと、一度購買に足を運び、幾つか買い物を済ませてからB棟の裏手にあるプレハブの建物に向かった。

二階建てのその建物は、学生の部活やサークル活動の拠点として貸し出されているものだ。

一階の一番奥の部屋のドアを開けて中に入る。

ここは、名目上〈映画研究同好会〉の部屋ということになっている。先日、学生課に同好会設立の申請を出し、この部屋を割り当てられた。

申請書には、三人の名前が記載されているが、八雲を除く二人に関しては同じ授業を受けている学生の中から、サークルや同好会に所属していなそうな学生の名前を勝手に拝借した。

つまり、実質所属しているのは八雲一人だけだ。

そもそも〈映画研究同好会〉としての活動をするつもりはない。それなのに、わざわざ申請までして同好会を設立したのは、この部屋を自分の住処《すみか》にする為だ。

これまで住んでいた叔父の家から通えないこともないが、色々と厄介なことが多い。

一人暮らしを始めようにも資金が無い。そこで、大学がサークルの為に貸し出している部屋を住処にすることを思いついたのだ。

〈映画研究同好会〉という名称にしたのは、過去に存在していたらしい同好会を、復活させると言った方が、言い訳が立つと思ったからで、別段映画が好きということでもない。むしろ、一人で本を読む方が性に合っている。

今は、テーブルと椅子、それに寝袋を運び込んだだけの状態だ。テーブルと椅子は、講堂の奥に仕舞い込まれていたものを勝手に移動した。寝袋に関しては、登山部の卒業生が使っていたものを貰い受けた。こちらは、ちゃんと許可を取っている。

食料品は購買で事前に購入しておけばいいし、風呂に関しては、少し離れているが運動部のものを銭湯感覚で利用すれば済む。

これからの季節を考えると、冷蔵庫や扇風機などが欲しいところだが、それはおいおい考えることにしよう。

あとは、さっき購買で買って来たプレートに、〈映画研究同好会〉と記載して、ドアに貼っておけばいい。

早速、ペンを走らせようとしたが、ふと手が止まった。

ドアの外に人の気配を感じたからだ。

一瞬、また幽霊かと思ったが、ドアをノックする音がした。どうやら、生きた人間らしい。

「はい」

八雲が返事をすると、ドアが開いて一人の女性が中に入って来た。

学生課の職員である水川《みずかわ》だ。一週間ほど前に、同好会の申請書類を提出した際、担当したのが水川だった。

「斉藤八雲さんだったわね。学生課の水川です」

小柄なうえに童顔なせいもあって、下手をしたら中学生くらいに見える。そうした自分の外見にコンプレックスがあるのか、口調がやけに事務的だ。

「はい。そうです」

八雲は返事をしつつ、鬱々とした気分に陥った。

別に、水川が苦手な訳ではない。嫌なものを見てしまったからだ。水川の身体に重なるように、別の人間の姿が見えてしまった。

こんな風に身体が重なっているのであれば、わざわざ左眼を覆って確認するまでもない。

水川は幽霊に憑依《ひょうい》されているようだ。

そうやって改めて見ると、水川の顔色は以前会ったときと比べて、明らかに悪い。目も充血しているし、肌荒れも目立つ。ちゃんと睡眠が取れていないのだろう。

——まあ知ったこっちゃない。

水川が幽霊に憑依されていようが、いまいが、八雲には一切関係ない。余計なことをすれば、さっきの御子柴の部屋での一件のように、厄介なことになるだけだ。

「何かご用でしょうか？」

八雲が問うと、水川は視線を椅子に向けた。八雲が「どうぞ」と促すと、水川は小さく頷いてから向かいにある椅子に腰を下ろした。

「先日、あなたが提出した書類なんですが、色々と不備があります」

落ち着いたところで、水川が堅い口調でそう切り出した。

「不備？　日付けとか書き忘れていましたか？」

何気ない調子で答えると、水川は眉間《みけん》に皺を寄せる。

「惚《とぼ》けるのは止めて下さい。本当は、分かっているでしょ。この書類は受理できません」

水川は、先週八雲が提出した申請書類をテーブルの上に置いた。

「どうしてですか？」

「どうしてって……あなたね、こんないい加減なことして許されると思ったの？」

水川の声がヒステリックに裏返る。

彼女がここまで苛立《いらだ》ちを露わにしているのは、おそらく幽霊に憑依されていることも影響しているのだろう。

「いい加減とは？」

「申請書類に書かれている同好会のメンバーの名前——無断で使ったそうね」

「どうして無断だと思うんですか？」

「この中の一人が、別の同好会を立ち上げようと申請を出して来たの」

水川が同好会の名簿を指さしながら言う。

「別の同好会？」

「そう。ミステリー同好会。それで、おかしいと思って確認したら、所属した覚えがないという回答をされたわ。それで、もう一人にも確認を取ったの」

——それは誤算だった。

仮に、他のサークルや同好会に所属する程度なら、バレる心配はないと思っていたが、まさか自分で立ち上げる為に申請してしまったとは。

「水川さんのように、素晴らしい職員がいらっしゃることは、我が校の誇りですね」

「茶化してるの？」

「まさか。褒めているんです」

「全然、嬉しくないわね。とにかく、この申請は却下させてもらいます。あなたも、すぐにこの部屋を出て下さい」

水川は厳しい口調だった。

「メンバーは、これからちゃんと集めます。どうにか、大目に見てもらうことはできませんか？」

「特例を許す訳にはいきません。それに、こんな不正を働くような人の言うことは、信用できません」

「そこを何とかお願いします」

「ダメです。ルールはルールです」

水川は頑とした口調で言った。

融通の利かない石頭だ。この手のタイプは、反論すればするほどに、意固地になって正論を振り翳《かざ》すだけだ。

とはいえ、せっかく手に入れた自分の部屋を失うのは避けたい。ただ、この調子では、どんなに理屈を並べても、決して応じることはないだろう。

ならば——。

あまり使いたくない手ではあるが、残る手段は買収だ。

八雲は、改めて水川に目を向ける。見ているのは、彼女というより憑依している少女の幽霊の方だ。

年齢は十歳かそこらだろう。青いワンピースを着ていて、手には熊のぬいぐるみを持っている。

病死の類《たぐ》いではない。それが証拠に、その少女の頭部には損傷があり、血が流れ出ている。

まだ情報は少ないが、上手《うま》く誘導することはできるだろう。

「分かりました。早々に引き揚げます」

八雲は、ゆっくりと立ち上がり、そのままドアに向かう。水川が安堵でふっと力を抜いたのが分かった。

ドアノブに手をかけたところで、一度動きを止め、たっぷり間を置いてから振り返る。

「ところで水川さん——さっきから気になっていたんですけど、最近、妙なことが起きていませんか？」

「妙なこと？」

「ええ。例えば家の中で誰かの視線や気配を感じたり、妙な音を聞いたり。あるいは、同じ夢を繰り返し見たり……」

「変なことを言わないで。そんなことありません」

　水川はきっぱりと否定する。

　だが、表情は言葉とは裏腹だ。やはり、彼女の周辺では憑依されたことに関係して、何かしらの現象が発生している。

　ただ、ここで無理に押しても意固地になるだけだ。

「そうですか。何も起きていないなら、それでいいんです。でも……」

　八雲は途中で言葉を切った。

　長い沈黙が流れる。堪らず、水川の方から「何なの？」と問い掛けてくる。

「充分に注意して下さい。このままの状況が続くようであれば、対策を取った方がいいかもしれませんね」

「あなた、何の話をしてるの？」

「仮に自覚がなかったとしても、憑依されているのは間違いありませんから」

「憑依って……」

「信じたくない気持ちは分かります。でも、水川さんは幽霊に憑依されています。青いワンピースを着た少女の幽霊です」

「なっ、何を言っているの？」

「熊のぬいぐるみを持っています。何かのアニメのキャラクターですね。首に宝石の嵌まったピンクのリボンが付いています。心当たりがあるんじゃないんですか？」

「…………」

水川の顔が引き攣っている。

この反応からして、水川は間違いなく幽霊の存在に怯えている。もう少し、煽っておいた方がいいだろう。

「水川さんに憑依している幽霊は、とても強い憎しみを持っています。報われない想いは、現世を彷徨い、手当たり次第に周囲を巻き込む呪《のろ》いになる——」

「どうしてあなたに、そんなことが分かるの？」

「ぼくは見える体質なんですよ」

「み、見える……」

「死者の魂——つまり幽霊です」

八雲が言うなり、水川は口をあんぐりと開けて絶句した。

水川に幽霊が憑依しているのは事実だが、憎しみを抱いているかどうかなど、現段階で分かるはずもない。ただのはったりだ。

この先の交渉を優位に進める為には、大げさなくらい怯えさせておく方がいい。

「……バカバカしい」

水川は吐き捨てるように言うと、視線を逸らしつつ席を立った。

すぐにでも、この場所から逃げ出したいといったところだ。別に引き留めるつもりはない。

帰りたければ帰ればいい。まあ、水川は絶対に帰らない。八雲にはその確信があった。

　八雲は、水川が退室し易いように、ドアの前を離れて道を空けた。

「信じたくないなら、それで構いません。ただ、このままだと、水川さんは呪い殺されることになります……」

「呪い殺される……」

「ええ」

「そんな嘘を言っても、騙《だま》されないわよ」

「ですから、信じたくないならそれで構いません。正直、水川さんがどうなろうと、ぼくの知ったこっちゃありませんから」

　八雲は敢えて突き放した言い方をする。

「酷いことを言うのね」

「ぼくは、ただ事実を述べているだけです。では、ご機嫌よう」

　八雲はドアを開けて部屋を出るように促したが、水川はその場に立ち尽くし、自らの爪を噛んだ。

「どうしたんですか？　帰らないんですか？」

　八雲が促すと、水川はすがるような視線を向けてきた。口に出さずとも、「助けて欲しい」とその目が訴えている。

　——チョロいもんだ。

「助ける方法がない訳じゃありません」

「え？」

「水川さんに憑依している幽霊を祓《はら》えるかもしれません」

「そ、それは本当なの？」

水川が八雲の腕を摑んで来る。

――触るな。

八雲は内心で呟きつつ、水川の手を振り払うようにして後退《あとずさ》った。

「ただ、善処はしますが、保証はできません」

「保証ができないって……そんな無責任な」

「無責任？　無償で提供したことに対して、保証まで付けろとは、ずいぶんとむしのいい話ですね」

「だけど……」

「まあ、何かしらの見返りがあるのであれば、ぼくのやる気も変わってくるかもしれません」

「見返り？」

「そうですね。例えば、この申請書類を改めて提出するので、それを受理してもらう――とか」

「そんなこと……」

「安心して下さい。名簿の欄はちゃんと書き直します。水川さんは、それを受理するだけです。仮にそこに不備があったとしても、ぼくに騙されただけですから、水川さんが責められることはありません。どうです。悪い話じゃないでしょ？」

水川が「うっ……」と呻くような声を上げた。

これまで彼女の周辺で起きていたであろう、些細《ささい》な異変。それが、幽霊の仕業《しわざ》だと認識してしまった以上、それを放置することはできなくなるはずだ。

――阿漕《あこぎ》なことをやっているな。

八雲は、思わず自嘲した。

3

「何があったのか、詳しく聞かせて頂けますか？」

交渉が成立したところで、八雲は水川から改めて心霊現象について話を聞くことになった。

あれほど勝ち気で攻撃的だった水川が、すっかり大人しくなり、俯《うつむ》くようにしてテーブルに座っている。

頑固で真面目なタイプほど、一度折れてしまうと従順になるものだ。

「一週間くらい前、深夜にトンネルを通ったの。大学の北側にあるトンネル。知ってる？」

大学に通じる長い坂道を下りきったところにある〈富士見トンネル〉のことだろう。

昔からあるトンネルではない。確か、五年くらい前に開通したトンネルだ。元々山だった場所で、何の曰《いわ》くもない場所のはずだ。

「どうして深夜にそんな場所を通ったんですか？」

曰くはないが、周囲に人気《ひとけ》はない。女性が深夜に一人で行くような場所ではない。

「いつもはバスで通勤しているんだけど、その日は仕事が遅くなって、最終を逃しちゃったの。彼氏に迎えに来て欲しいって言ったんだけど、車が故障してるから無理だって」

「そうですか」

「車がなくたって、恋人が困ってるんだから、歩いて迎えに来ればいいのに。そう思うでしょ」

――思いません。

うっかり声に出しそうになった。恋人をタクシー代わりに使う方がどうかと思う。

「それで、歩いて帰ったんですか」

「そうなの。トンネルって、どうしてあんなに不気味なのかしら。じめじめしてて、空気が濁っているというか……。入った瞬間に、嫌な予感がしたの」

それは構造上の問題だ。

全国どこにあろうと、トンネルは湿気が籠もるし、空気が淀《よど》むものだ。何でもかんでも心霊現象と結びつけていいものではない。

まあ、そういう場所だから幽霊が集まり易いというのもあるが……。

「それで」

「歩いているとき、誰かが後ろからついて来ているような気がして……。でも、振り返っても誰もいなくて……」

「それは足音ですか？　それとも気配のようなものですか？」

「両方。誰かの気配もあった気がするし、足音もした気がして……」

まあ、ただの勘違いだろう。トンネルというのは音が反響する。自分の足音が何重にも聞こえることはよくある。だが実際に、誰かがついて来ていた可能性も視野に入れておく必要はあるだろう。

「それから、どうしたんですか？」

「トンネルの中に、ぬいぐるみが落ちているのを見つけて……」

「ぬいぐるみ……」

「ええ。さっき、あなたが言っていたのと同じぬいぐるみ。首にピンクのリボンが付いているやつ。魔法少女プリマジに出てくるキャラクター、モグルンのぬいぐるみだと思う」

「詳しいですね」

「私も、同じ物持ってるから……」

水川が恥ずかしそうに顔を赤らめ、わずかに俯いた。

いい大人が、キャラクターグッズを持っていることを、恥ずかしいと感じているのかもしれないが、別に何を好きだろうと誰かに批判される筋合いはない。

よく見ると水川の持っているバッグには、小さな熊のぬいぐるみが付いていた。幽霊の少女が持っているのと同じものだ。

「もしかして、それを拾ったんですか？」

「まさか。何だか気味が悪くて……だから、そのままにして家に帰ったの」

「本当に何もせず真っ直ぐ帰宅したんですか？」

もし、ただぬいぐるみを見つけただけなら、水川に幽霊が憑依する理由がない。憑依され易い体質なのだろうか？　だとしたら、これまでも心霊現象にたくさん遭遇しているはずだが、彼女の反応からして慣れていないのは明らかだ。

やはり、そのぬいぐるみに何かをしたから、少女の幽霊に憑依されたと考える方が自然だ。

「トンネルを出たところで、同僚に偶然会ったの。同じ学生課の中谷《なかたに》君。家も近いし、一緒に帰ることにしたの。一人だと心細いし」

何だか言い訳がましい。別に誰と一緒に帰ろうと、八雲には一切関係のないことだ。問題はそこではない。

「今の話だと、中谷さんもトンネルを通ったということですよね」

「多分」

「ぬいぐるみを見たと証言していましたか？」

「そういう話はしてない。電話で彼氏とケンカしたあとだったし、主に愚痴を聞いてもらったというか……」

「そうですか」

「これまで、中谷君とは、あまり話をしたことがなかったんだけど、趣味とか、好きな音楽とか、色々と合って意気投合したのよね」

——そういう話はどうでもいい。

彼氏に冷たくされた直後に、優しく接してくれた同僚になびいているのかもしれないが、他人の恋愛感情の揺れ動きになど興味はない。

「一応、その中谷さんにも、トンネルの中でぬいぐるみを見たか、確認しておいてもらえますか？」

「訊《き》いてみる」

「それから、どうしたんですか？」

「疲れていたし、家に帰って普通に寝たんだけど……変な夢を見て……」

「どんな内容ですか？」

「私が、あのトンネルにいて。歩いていると、あの熊のぬいぐるみが、ずるずると這うようにして私を追いかけて来て……そのあと、身体に凄《すご》い衝撃があって、気付くと仰向けに倒れているの。熊のぬいぐるみはいなくなったんだけど、今度は見知らぬ男が、私の顔を覗き込んでいて……」

幽霊に憑依された人が、妙な夢を見ることはよくある。

詳しい原理は分からないが、憑依していることで、幽霊の意識が流れ込んでしまうのではないかと考えられる。

「それからどうなったんですか?」

「悲鳴を上げながら目を覚ますと、自分の部屋のベッドに寝ていて……だけど、簞笥の上に置いておいたはずのモグルンのぬいぐるみが、私のすぐ近くにいて……。虚ろな目でじっと私を見ながら、痛いとか助けてとか言うの……私怖くなってモグルンを壁に投げつけて悲鳴を上げて……」

「それから?」

「部屋を見回すと、モグルンがいつもと同じ簞笥の上にのっていて。さっきのも、夢だったんだってほっとするんだけど……」

水川の声が頼りなく揺れている。耐え難い恐怖に駆られているらしい。

「落ち着いて話して下さい。その先、何があったんですか?」

「今度は女の子が立っているの。その子は、頭が潰れていて、そこから大量の血が……」

水川は両手で顔を覆って俯いた。

夢から醒めたと思ったのに、そこがまた夢だった。水川は、どこからが夢で、どこからが現実なのかが曖昧になっているのだろう。

信じられる世界がないというのは、本人の心に相当な負担になっているだろう。

「ぬいぐるみは、まだ家に?」

八雲が訊ねると、水川ははっと顔を上げた。

これまでとは比較にならないほどに、血の気が引いている。まるで死人のようだ。

「私、怖くなって、モグルンのぬいぐるみを捨てたの。それなのに……」

「それなのに――どうしたんですか？」

「次の日になると、なぜかぬいぐるみが元の場所に戻されているの……」

捨てたはずのぬいぐるみが、自分の部屋に戻って来る。

「捨てたつもりになっていただけということは？」

「そんなのあり得ない！」

水川が声を荒らげた。

まあ、そういう反応になるのは当然だろう。ただ、可能性としては捨てきれない。

「私は三回も捨てたの。それなのに、その度に戻って来る。こんなの、どう考えたっておかしいじゃない！」

水川は終《つい》に泣き出してしまった。

「まあ、そうですね」

「それだけじゃなくて、テレビにノイズが走ったりして……」

「そうですか」

「彼氏に話しても、信じてくれないの。それどころか、二度とその話はするな！　なんて怒り出すし、もう本当に何なの……」

興奮状態にあるのか、水川は頭を振りながら、叫ぶように言った。

「それは大変でしたね」

八雲は、同調するように声をかけた。こういうときは、下手に宥《なだ》めるより、一旦、吐き出させた方がいい。

「自分の彼女が怖い思いをしているのに、優しい言葉くらいかけてくれてもいいじゃない。中谷君は、親身になって話を聞いてくれるのに……。だいたい、あの日、彼が迎えに来てくれれば、何の問題も無かったのよ」

水川はまくし立てるように言った。

「まあ、そうですね。一度、彼氏さんと話し合った方がいいかもしれませんね。落ち着いて事情を話せば、理解してくれるはずです」

八雲はそう言い添えた。

別に本心から言った訳ではない。水川を落ち着かせる為の方便に過ぎない。

「そうさせてもらうわ。ごめんなさい。少し取り乱してしまったみたい」

——少しじゃなくて、かなりだ。

内心で呟きつつも気持ちを切り替える。想像していたより、かなり厄介なことになっている。首を突っ込まなければ良かったと、後悔したものの、あとの祭りだ。

「だいたいのことは分かりました。やれるだけのことは、やってみましょう」

八雲が答えると、水川に憑依している幽霊の少女が、微かに笑ったように見えた。

4

ドアをノックする音を聞いたのは、寝袋にくるまって惰眠を貪《むさぼ》っているときだった。

八雲は寝袋から、もぞもぞと起き出した。

寝る姿勢が悪かったせいか、首に痛みがあった。右に顔を向けると、その痛みは急激に強くなった。どうやら寝違えたらしい。

携帯電話に表示されている時計に目をやる。午後五時を回ったところだった。少し仮眠を取るだけのつもりが、すっかり眠り込んでしまったようだ。

再びドアをノックする音がした。

おそらく水川だろう。一両日中に連絡すると伝えてあったが、我慢できずに顔を出したというところか。八雲は、寝グセだらけの頭をガリガリと掻きながら「はい」と応じる。

ドアが開いて部屋に入って来たのは、想像していたのとは異なる人物だった。

「御子柴先生？」

白衣にサングラスという何とも怪しげな格好の御子柴が立っていた。

「こんなところを根城にしていたのか」

御子柴は、感心したように部屋を見回しながら、白衣のポケットから棒付き飴を取り出すと、口の中に放り込んだ。

「根城って……」

「架空の同好会を立ち上げ、虚偽の申請書を学生課に提出し、大学の部屋を私物化したと言った方が良かったか？」

思わず舌打ちが出てしまった。

水川だけでなく、御子柴にまでこちらの魂胆が漏れているのだとすると、なかなか厄介だ。

「すみません」

取り敢えず詫びの言葉を口にする。てっきり叱責されるかと思ったが、御子柴は何を思ったか声を上げて笑った。

「斉藤八雲。お前は面白いな。ぼくの授業を理解しているのは、お前だけだし、実に興味深い」

御子柴の言動はまるで読めない。

これまで、八雲が会ってきたどの人物とも違う。本当は、人と関わりを持ちたくないのに、ペースが乱される。心に張り巡らせた壁の中に、ズカズカと入り込んでくる。

「ところで、何の用件でしょうか？　ここから追い出すつもりですか？」

「そんな訳ないだろ。お前が何処を住処にしようと、ぼくはまったく興味がない。他人の私生活など、知りたいとも思わない」

「はあ……」

「用件など、わざわざ言わなくても分かっているだろう」

「全然、分かりません」

大学の准教授が、突然訪ねて来ることなんて普通はない。部屋を私物化したことを注意しに来たのでないとしたら、本当に何をしに来たというのだ。

「チェスの駒を動かした話の続きをしに来たんだ」

――まだ、そんなことを言っているのか？

ただ、チェスの駒を動かしただけでずいぶんとしつこい人だ。この世の中に、納得できないことが一つでもあると、地の果てまで追いかけるタイプなのかもしれない。

「いや、あれについては、すでにお話ししましたが偶々で……」

「お前には、霊能力があるらしいな」

「は？」

御子柴には、幽霊が見えるという話はしていないはずだ。

「学生課の水川に聞いた。水川は、元々はうちのゼミの生徒だ。お前のことを訊《たず》ねたら、色々と教えてくれたよ」

「ああ……」

なるほど――と納得する。

おそらく御子柴は、学生課に八雲の住所なり電話番号を訊ねたのだろう。そして、対応した水川に〈映画研究同好会〉を根城にしていることを聞き、足を運んだ。幽霊が見えるという話も、水川から聞いたに違いない。

個人情報もなにもあったもんじゃない。

「水川から話を聞き、昨日のチェスの一件について、一つの仮説を思いついた」

「仮説？」

「そうだ。お前は幽霊が見えている。あのチェスの駒は、幽霊の指示に従って動かしたという仮説だ」

その仮説は正解だ。

「御子柴先生は、幽霊とか信じるタイプですか？」

頭の中が数字でびっしり埋まっているような御子柴が、オカルト的な話を鵜呑みにするとは到底思えなかった。

「その返答については保留だ」

「保留……」

「意外か？」

「ええ。そんな非科学的なことは信じないとか言うと思ってました」

「どうして、非科学的なんだ？」

「それは……科学で証明されていませんし……」

「そうだ。現状、幽霊の存在について科学では証明されていない。しかし、同時に非存在証明もできていない。科学で証明されていないことが、全てオカルトだというのは、あまりに乱暴な理論だろ。結論が出ていないことは、闇雲に肯定も否定もするべきではない。だから保留だ」

　究極のロジカルシンキングだ。だからこそ、隔たりや先入観というものがないのかもしれない。

「そうですか。でも、本当にチェスの駒を動かしたのは偶々なんで……」

「あり得ない」

「どうしてですか？」

「いいか。昨日はちゃんと話さなかったが、あのチェス盤は、ある人物とのチェスの勝負の途中だったんだ」

「それを、ぼくが勝手に動かしたから、怒っているんですね」

「違う！　いいか。君は、チェスの駒を先に進めたつもりだったかもしれない。だが、そうではなかったんだ。言っている意味は分かるか？」

「いいえ」

「お前はチェスの駒を戻していたんだ。勝負を逆再生していた。寸分の狂いも迷いもなく――だ。これが、偶々である確率を検証してもいいが、それは天文学的な数字になる」

　ようやく、御子柴がどうしてチェスの駒を動かしたことに、これほどまでに執着するのかを理解した。

　単に駒を動かしただけでなく、御子柴とその対戦相手しか知らない勝負の過程を、逆再生で再現してしまったのだとしたら、それは不可解に思うのは当然だ。

あの勝負が、何時《いっ》行われ、どれくらい放置されていたのかは不明だが、御子柴がその指し手を全部記憶しているというのは驚異的だ。

何れにしても、色々と失敗してしまったようだ。

御子柴の部屋にいた幽霊が、途中になったチェスの相手だったことは間違いない。

あの幽霊が八雲に駒を動かさせた理由も自《おの》ずと見えてくる。ああやって勝負を逆再生することで、自分の存在を御子柴に認知させようとしていたのだろう。

普通の人なら、不思議な偶然として呑み込むかもしれないが、数学の准教授である御子柴は、そうは思わない。

それがいかにあり得ない確率かを瞬時に理解してしまうのだ。

「参ったな。偶然で納得してもらえませんか？」

「できない。しかも、お前はチェスのルールを知らないという。あらゆる可能性を検証してみたが、結論が出なかった。そこで、もう一度、お前に話を聞きに行こうと考えた。だが、名前は知っていたが、連絡先が分からない。そこで、学生課の水川に訊ねた」

——ここまで聞けば、そのあと何があったのかはだいたい察しがつく。

水川と話す中で、この部屋のことや幽霊のことなどを聞いたのだろう。

「それで、水川さんから幽霊が見えるという話を聞き、真に受けたんですか？」

「お前はアホか？」

「アホって……」

「さっき保留と言っただろ。ぼくは、それも一つの可能性として視野に入れたが、その為には、お前が幽霊が見えることを実証しなければならない」

「その必要はありませんよ。ぼくは、幽霊なんて見えません。天文学的な確率だったかもしれませんが、あれは偶然の産物です。先生も授業で仰っていたではないですか。ゼロでない限り、確率的に起こり得るって」

御子柴は、おそらく八雲に幽霊が見えるかどうかの検証を、本気でやろうとしている。

そんな面倒臭いことに付き合わされるのはまっぴらご免だ。多少、強引でも偶然として押し切った方がいいだろう。

「それを決めるのは、お前じゃない」

御子柴が、口の中から棒付き飴を取り出し、それを八雲の眼前に突きつけた。

「いや、でも……」

「悪いが諦めろ。ぼくは、一度気になったら、後には退けない性質《たち》なんだ」

——厄介な性分だ。

そんな子どもみたいな我《わ》儘《まま》に付き合う義理はない。

「勝手ですね」

「どうとでも言え。とにかく、そういうわけで、お前には検証に付き合ってもらうぞ」

「いや、検証と言われても、どうするんです？」

八雲が問うと、御子柴はニヤリと笑った。

「簡単だ。お前は、これから水川の元で起きている心霊現象を解決するんだろ。ぼくも、それに付き合う」

「そんな無益なことに時間をかけていいんですか？　他にもっとやることがあると思いますけど」

「またまたアホだな」

「はあ……」

「いいか。場合によっては、数学によって幽霊の存在証明、あるいは非存在証明ができるかもしれないんだ。これは立派な研究だ」

御子柴は、胸を張るようにして得意げに言うと、口の中に棒付き飴を放り込んだ。

思わずため息が漏れる。

これまで、中途半端に心霊現象に首を突っ込んだことで、散々な目に遭ってきた。だから、大学に入ってからは、できるだけ関わりを持たないようにしようと思っていた。それなのに、よりにもよって、こんな面倒な人に絡まれることになるとは思わなかった。

「水川から既に詳しい事情を聞いているし、ぼくが同席することについて了承も貰っている。安心したまえ」

――本当に勝手だ。

「嫌だと言ったら、どうするんですか？」

「そうだな。お前が大学の部屋を私物化したことを報告し、ついでにあることないこと、適当にでっち上げて、大学にいられないようにしてやるぞ。あと、単位も剝奪だ」

「もはや脅迫ですね」

「こうでもしないと、お前はのらりくらりとかわしてしまうだろうからな」

八雲は深いため息を吐いた。

御子柴は最初からこちらの意見を聞く気など、さらさらないのだ。言い合いをするだけ無駄だ。本当に厄介な人に目を付けられた。

「分かりました」

「よし、では、早速、出発しよう！」

御子柴は、子どものように無邪気な声を上げた。

5

「疲れた。もう歩きたくない。こんなに歩かされるなんて聞いてないぞ」

御子柴が駄々を捏《こ》ね始めた。

――だったら、最初からついて来るな。

八雲は喉元まで出かかった苛立ちを、辛うじて呑み込んだ。

「別に、そんなに長距離を歩いた訳じゃないと思いますけど……」

大学から徒歩で十分程度の距離だ。それで、こんなに音《ね》を上げるとは、どれだけ体力がないんだ。

「ぼくは、お前ら学生とは違うんだ」

「文句言うなら、帰っていいですよ。ぼくはその方が都合がいいです」

「そうはいくか。今回の検証は、ぼくが間近で見ていないと意味がない」

「だったら、ちゃんと歩いて下さい。もう少しですから——」

「ああ。やだやだ。足が痛い。そうだ。お前がぼくをおぶって行け」

——マジでこの人は何を言ってるんだ？

げんなりしてきた。中身がまるで子どもだ。よくこれで大学の准教授が務まるものだと感心してしまう。

まともに相手をしていたら、こちらの神経が疲弊してしまう。その後も御子柴は駄々を捏ね続けたが、八雲は完全に無視を決め込んだ。

やがて、問題のトンネルが見えてきた。

半円形ではなく、四角いトンネルだった。コンクリートもまだ新しい。見通しも悪くない。

「ようやく到着したか。で、これから何をするんだ？」

御子柴が八雲の肩に手を置いて、それを支えにしながら訊ねてくる。自分より身長の高い人間に杖代わりにされたのでは、たまったものではない。

「警察流に言うなら、現場検証です」

八雲は、御子柴の手から逃れるように歩き始めた。

トンネルの中に足を踏み入れる。湿気に満ちていて、空気が籠もったような感じがするが、それだけだった。

辺りを見回してみるが、これといって何もなかった。

古いトンネルだと、そこかしこに幽霊がいたりするものだが、ここは、そういう類いのトンネルとは違うようだ。

ただ、水川の証言が真実なのだとすると、この場所で憑依されたのは間違いない。つまりここで少女が死んでいる可能性が高い。

そのまま、歩道を歩きトンネルの端まで足を運んでみたが、やはり何もなかった。

「幽霊は見つかったか？」

「いいえ」

「何だ。いないのか」

御子柴がふて腐れたように口を尖らせる。

「どうしてがっかりするんですか」

「そりゃするだろう。期待してたんだぞ。幽霊を解明するチャンスだったのに」

――無邪気なもんだ。

「最初に言っておきます。先生が何を期待しているか分かりませんが、ぼくはあくまで幽霊が見えるだけなんで、派手なことは何もありませんよ」

「ほう。見えるだけとは？」

「視認できるだけなんです。そういう体質なんですよ」

「どうして見える？」

「さあ。ぼくには分かりません」

「嘘だね」

御子柴はサングラスを外し、じっと八雲に目を向けた。

「どうして嘘だと分かるんですか？」

「お前は、分からないことを、分からないまま放置できるタイプではない。ぼくと同類のはずだ」

「先生と同類に扱われるのは心外です」

「光栄だと言って欲しいね。そんなことより、お前の推論を聞かせろ。何かあるんだろ？」

――しつこい。

これだけしつこいと、逃げの一手を打っても応じてくれそうにない。

「可視光線の問題だとぼくは認識しています」

「なるほど。可視光線の範囲が、他人より広いことで、通常は視認することができない幽霊という存在を見ることができる――という訳か」

流石《さすが》、准教授だけあって理解が早くて助かる。

人間の目は、そこにあるもの全てが見えている訳ではない。可視光線とは、人間が見ることができる波長の光のことだ。その範囲から外れると、仮にそこに存在していても、人間の網膜ではその姿を捉えることができない。

見えないからといって、それが存在していないことにはならない。赤外線や紫外線など、実際にあるが人間が視認できない光というのはたくさんある。幽霊というのは、そういうものだと八雲は認識している。

目では見えないはずなのに、カメラなどに映り込んでしまうのは、こうしたことが影響しているというのが八雲の考えだ。

「そうです。基本的には、ずっと見えていますが、温度や湿度、あとこれは推測ですが、電磁波など様々な要因で、その姿が歪んでしまったり、見え難くなることもあります」

「周辺環境の影響を受けてしまうという訳か」

「ええ」

「見えるだけで、他は何もできないのか？」

「はい」

「だったら、どうやって心霊現象を解決するつもりだ？」

「説得するんです」

「説得？」

「ええ。幽霊は死者の魂です。つまり、元は人間だった訳です。死んだあとも、特定の場所を彷徨っていたり、誰かに憑依するということは、何かしらの理由があるんです。その理由を見つけ出し、解消してやるんですよ」

「ほう」

「拍子抜けしましたか？」

「いや。むしろ腑に落ちた。同時に、お前の言葉の矛盾にも行き当たったがな」

「矛盾？」

「そうだ。お前は幽霊のことを非科学的だと言った。だが、お前なりの根拠を持って理解しているじゃないか」

適当なようで、本当によく他人の話を聞いている。

「信じない人が多いので、適当に話を合わせる癖がついているんですよ」

「なるほど。まあ、最初からオカルトだと決めつける輩《やから》は多いからな。そのくせ、天動説なんかが横行する。何事も決めつけたらそれで終わりだ。全ての可能性を視野にいれ、確率で検証して……」

「すみません。その話、長くなりますか？」

「ああ。かなり長くなる」

「だったら、止めて下さい」

「何だ。これからがいいところなのに。ぼくは止めないぞ――」

御子柴は、そう宣言すると嬉々として語り出した。

思わずため息が漏れたが、気を取り直した。別にクソ真面目に話を聞いてやる必要はない。

勝手に喋っているだけなのだから、雑音として聞き流せばいいのだ。

八雲が、改めてトンネルの歩道を観察しているときに、携帯電話に水川からメッセージが届いた。

〈中谷さんは、モグルンを見ていないそうです。あと、心霊現象の調査に来ると言ったら、彼氏も同席したいと言い出しました。一緒にいても大丈夫ですか？〉

八雲は、簡単な礼と彼氏が同席しても構わない旨を返信した。

この場所でぬいぐるみを見たのは、水川だけのようだ。彼女が存在しないものを見てしまったのか、それとも中谷が見落としただけか？

何れにせよ、水川がここで幽霊に憑依されたのは間違いない。まずは、それが誰なのかをはっきりさせる方が先決だ。

八雲は電話をかけた。

〈誰だ？〉

ワンコールで相手の男が電話に出る。

思わず携帯電話を耳から離してしまうほどの大声だ。

「電話の応対を改めて下さい」

〈あん？　ごちゃごちゃうるせぇ！〉

「うるさいのは、後藤《ごとう》さんの声ですよ。熊じゃないんだから、そんなデカい声を出さないで下さい」

〈嫌みな野郎だ〉

「暇を持て余しているであろう後藤さんに仕事です」

〈は？　てめぇは、何時から俺の上司になったんだ？〉

「後藤さんのような部下を持ったら、心労で胃に穴が空きます。後藤さんは、ぼくの下僕です」

〈ぶっ殺すぞ！〉

「どうぞご自由に。そんなことより、確認して欲しいことがあります。ここ最近で、行方不明になっている少女の資料を集めておいて下さい。年齢は十歳くらい。失踪当時、青いワンピースを着ていた可能性が高いです」

〈あん？　何でそんなもの……〉

「では、なる早《はや》でお願いします」

八雲は一方的に言うと電話を切った。

すぐに後藤から折り返しの電話がかかってきたが、無視して携帯電話をポケットに突っ込む。

後藤のことだ。このまま放置すれば、やることはやってくれるはずだ。

ふと気付くと、さっきまでいたはずの御子柴の姿が見えなくなっていた。疲れて帰ったのか。などと思っていたのだが、そうではなかった。

御子柴は棒付き飴を口の中で転がしながら、トンネルの壁に寄りかかるように座っていた。

退屈そうに、小さな石のようなものを突《つつ》いている。

「何してるんですか？」

「それはこっちの台詞だ。ぼくがせっかく話をしているのに、お前はそれを無視するとは、いったいどういう神経をしているんだ」

思わず舌打ちしそうになった。

拒否している相手に、一方的に喋り続けただけの癖に、それを聞いていないと子どものように拗《す》ねる。ただ、それをそのまま主張しても、余計に拗《こじ》れるだけだろう。

「分かりました。ぼくが悪かったです」

「それで、ぼくの話より重要な電話とは、何だったのか教えてもらいたいものだね」

――この人はメンヘラ束縛野郎か！

御子柴は、さっきまで突いていた小石を指で弾く。

狙ったのかどうかは定かではないが、八雲の目の前に飛んで来た。反射的にキャッチしてしまう。

それは小石ではなく、親指の先ほどのプラスチック片だった。

「知り合いの警察ですよ。ちょっと、色々と調べて欲しいことがあったんです」

「どうして警察なんだ？」

「幽霊を説得する為には、その幽霊が何者であるかを調べる必要があります」

「なるほど。それで行方不明になっている人間について、情報を求めたというわけか」

「ええ」

流石に呑み込みが早い。

みなまで言わずとも理解してくれるのは、手間が省けて助かる。いや、そもそも、一緒に来なければ、こんな説明すら必要ないのだから、やはり面倒な人だ。

「それで、これからどうするんだ？」

「水川さんの家に行きます。捨てたはずの熊のぬいぐるみが戻って来るというのが、どうも解《げ》せないんですよね」

「お前は、幽霊は死んだ人の想いの塊だと言っていたな。物理的な影響が無いのに、どうして捨てたはずのぬいぐるみが戻って来るのか、その謎を解明する訳だ」

「そうです」

「ふむ。では、さっさとそれを確かめに行こう」

御子柴は言いながら立ち上がると、パンパンッと白衣を軽く払ってから歩き始めた。

八雲はため息を吐きつつその後に続いた。

6

水川が住んでいるのは、八階建てのマンションの四階だった。向かいには、もう一棟、同じ形状のマンションが建っている。

まずは、ぬいぐるみを捨てたゴミ捨て場の状況を確認することにした。マンションの脇に共用の小屋が建っていて、鍵が付いており、常に施錠できる状態になっていた。

水川が、本当にゴミ捨て場にぬいぐるみを捨てたのだとすると、偶発的に戻って来ることはあり得ない。

取り敢えず、部屋を見る必要がありそうだ。八雲は御子柴とエントランスに回り、インターホンを押した。来訪の旨を告げると、水川がエントランスの自動扉を解錠した。御子柴と一緒にマンションの中に入る。

建物自体は年季が入っていたが、リフォームが施されているらしく、壁などは綺麗な状態だった。

エレベーターに乗り、四階で降りると、真っ直ぐ伸びる外廊下を歩いて進む。平行する形で向かいの棟の外廊下が伸びている。かなり密接していて三メートルと離れていない。

水川の部屋の前に到着し、インターホンを押すと、すぐにドアが開いて水川が顔を出した。

昨日会ったときは、彼女に少女の幽霊が憑依していたが、今は離れてしまっていた。あの幽霊は、水川に対して特別な感情を抱いて憑依したのではなく、当てもなく彷徨う浮遊霊の類いかもしれない。それが、偶々、水川に憑依してしまった。

まあ、彼女の周辺で起きているのは、憑依現象だけではないので、一応は確認を済ませておく必要がある。

「どうぞ」

水川は、すぐに八雲と御子柴を部屋に招き入れてくれた。

玄関を入ると男が一人立っていた。おそらく、水川が言っていた彼氏だろう。

いかにも軽薄そうで、やたらと強い香水をつけていて、胃がむかむかしてくる。よく、こんな男と一緒にいられるものだと感心してしまう。

「飯塚さんです」

水川が短く紹介する。

「お前が霊媒師？　何か思ったより若いな。っていうか、つまんねぇこと言って、騙そうとか考えてんじゃねぇの？」

飯塚は、品定めするようにジロジロと八雲を睨《ね》め回す。

——こっちを見るな。

内心で毒突きつつも愛想笑いを浮かべてみせる。

「別に、霊感商法をしようなんて思っていませんよ。現に、水川さんからは金銭的な報酬は受け取っていませんし」

申請を通してくれるように交渉をしたが、金銭を受け取っていないのは事実だ。

「へぇ。金も受け取らずに、どうしてこんなことをしているんだ？」

「色々と事情があるんです」

「それってさ、適当なことを言って、騙そうとしてんじゃねぇの？　ってか、おれの彼女に手を出そうとしてんだったら、止めた方がいいぜ。痛い目見ることになる」

飯塚は顎を上げて挑発するような視線を向けてくる。

どうやら、八雲が下心があって近付いたと思っているようだ。

「安心して下さい。水川さんに個人的な興味は一切ありません。あなたたちが、この先どうなろうとぼくの関知するところではありません」

「必死に否定するところが怪しいな」

——こいつウザい。

「怪しむなら勝手にどうぞ」

「そういう態度を取るってことは、益々怪しい」

他人の話をまるで聞いていない。そういえば、ごく最近、同じようなタイプの人間と話した気がする。

やたらと馴れ馴れしく話しかけてきた女子学生。確か名前は飯塚だった気がする。

「もしかして、明政《めいせい》大学に妹さんがいます？」

「え？　いるけど……それが何？」

「似てると思ったんです」

「そう？　妹ってモデルとかやってて、結構モテるんだよね。顔はよく似てるって言われる」

遠回しに、自分の容姿が優れているとアピールしようとしている。

かなり痛い男だ。

「そこじゃなくて、自意識過剰で、すぐに他人にマウントとりたがるところが、そっくりです」

八雲が言うと、飯塚は顔を真っ赤にして怒りを露わにした。

「お前さ――」

「邪魔だ。アホが移るから、それ以上喋るな」

御子柴が、飯塚の顔を無造作に摑んで、そのままぐいっと壁の方に押し退《の》けた。

「な、何をするんだ」

「何って、邪魔なアホをどかしたんだ」

御子柴がしれっと言う。

この人は、どうも言葉がストレートだ。もう少し、遠回しに言った方がいいのに――まあ、自分が言えた義理ではないが。

「ここに居てもいいが、とにかくお前は喋るな。アホが蔓延《まんえん》する」

御子柴に睨《にら》まれ、飯塚は何かを言いかけて口を動かしたものの、結局、何も発することはなかった。

流石に勝ち目がないことを悟ったのかもしれない。

無駄な時間を使ってしまった。とにかく、調べを進めることにしよう。八雲は、改めて部屋を観察する。

間取りは１ＬＤＫだった。リビングが狭いのは、元々の間取りをリフォームして変更しているからだろう。

間取りは変えてあるが、ドアなどは元からのものを使用しているらしく、構造が古く、鍵も古いシリンダータイプのものだ。

「結構、広いですね」

八雲が言うと、水川は「交通の便が悪いから……」ともごもごとした調子で答える。

確かに大学からは徒歩十五分といったところだが、駅に出ようとすると、バスを利用しなければならない。近くにスーパーやコンビニなどもなく、かなり不便な立地と言える。

「テレビを観ていると、ノイズが走ったり、変な声が聞こえてくるという話でしたね」

八雲が口にすると、水川が「はい」と頷いたが、一歩も動こうとはしなかった。

仕方なく、八雲がテレビのリモコンを手に取って電源を入れる。

お笑い芸人のトークバラエティーが流れ始めた。水川は目を背ける。じっと見ていると、画面に一瞬だけ線のようなノイズが入った気がするが、おそらく何かしらの電波の干渉を受けただけだろう。

こういう集合住宅では、様々な電波が飛び交っているので、こういうことはよくある。

電源を切ろうとしたのだが、御子柴が「消さなくていい」と言いながら、ソファーにどかっと腰を下ろした。

背もたれに身体を預けて足を組むと、白衣のポケットから棒付き飴を取り出し、それを口の中に放り込んだ。包み紙は、お構い無しに床にポイ捨てだ。

他人の家だというのに、遠慮というものがない。おまけにこうやってゴミを捨ててしまうとは、非常識にも程がある。ついでに言えば、御子柴がこういうお笑い番組を好んで観るのは意外だ。

八雲は、御子柴が床に捨てた包み紙を拾い、それをゴミ箱に捨ててから水川に向き直った。

「それで、ぬいぐるみを見せて頂きたいんですが……」

八雲が言うと、水川は「はい」と応じて寝室と思《おぼ》しきドアの前に移動した。

てっきりドアを開けてくれるのかと思っていたが、水川はじっとそこに立ったまま動かない。入るのが怖いのだろう。

八雲が「いいですか？」と問うと、水川は顎を引いて頷いた。

ドアを開けて中に入る。

六畳ほどの広さの部屋に、ベッドや化粧台、それに箪笥などがあった。

その箪笥の上に、ピンクのリボンが付いたぬいぐるみが置かれていた。汚れはほとんどなく、これまで大切にしていただろうことが分かる。

「何度捨てても、この箪笥の上に戻っているの。私、どうしたらいいか分からなくて……」

水川は戸口のところに立ったまま口にした。

部屋に入るのも嫌なのだろう。

八雲はぬいぐるみを手に取ってみる。ぬいぐるみにしては重い。おまけに触った感触もふかふかとしたものではなかった。

ひっくり返してみると、背面にプラスチック製の部品が見えた。

「これは……」

「それ、喋るタイプのぬいぐるみなの。ピンクのリボンのところに、宝石をセットすると、言葉の内容が変わるようになっていて」

「なるほど」

確か、アニメのキャラクターのぬいぐるみという話だった。中に音声を発するスピーカーなどが内蔵されているのだろう。

水川が夜中に聞いたという不気味な声は、そうした装置の誤作動かもしれない。

幽霊の少女が同じぬいぐるみを持っていたのは、単なる偶然か？　普通に市販されている商品なので珍しいことではない。

やはり、捨てても戻って来るというのがどうにも気になる。

「そのぬいぐるみを貸せ」

急に耳許で言われ、八雲は慌てて振り返る。御子柴だった。

さっきまでテレビを観ていたのだが、いつの間にか寝室に足を運んだらしい。

八雲がぬいぐるみを手渡すと、御子柴はそれをひっくり返したり、上下に揺すったりしたあと、なぜかぬいぐるみを持って寝室を出て行ってしまった。

——何をしているんだ？

御子柴は、言動が唐突で何を考えているのか分からない。端から見れば、ただの変人に映るだろうが、たぶん違うのだろう。

彼は変人だから突拍子もない言動をするのではない。きちんと思考し、それに基づいた言動をとっている。ただ、その過程があまりに速過ぎて、凡人からは奇抜に見えてしまうのだ。

などと考えているうちに、御子柴がぬいぐるみを持って寝室に戻って来た。

「飽きた」

御子柴は、ふうっとため息を吐きつつ、持っていたぬいぐるみを水川に投げた。

当然、水川は恐ろしさのあまり、「ひゃっ！」と声を上げて飛び退く。ぬいぐるみは、ぼたっと絨毯《じゅうたん》の上に落下した。

「そうですか。でしたら、もう帰った方がいいんじゃないですか」

正直、御子柴がここにいると邪魔だ。興味を無くしたのであれば、早々に退散してもらった方が都合がいい。

「帰る前に、お前の答案を見せろ」

御子柴が、棒付き飴を口の中から取り出し、それを八雲の眼前に突きつけた。

この口ぶり。自分は全てを掌握しているとでも言いたげだ。

「残念ですが、まだ解答はできません。あくまで推論の段階ですから」

「うん。お前は、そういうタイプだったな」

「え？」

「テストでもそうだ。自分の中で確信を持てた問題の答えしか書かない。不安がある問題は空欄にする。一か八かに懸けるようなことをしない。慎重というより、潔癖なのだろうな」

「そういうものではないんですか？」

「だいたい九〇％以上の人間は、分からなくても一か八かで答えを埋めておくものだ」

「そんなことをしても、正答率はたかが知れていますよね」

「まあ、そうだな。問題の難易度によるが、せいぜい五％以下ってところだ」

「だったら、無理に答えさせる必要はありませんよね」

「これがテストの答案ならそうだ。だが、違う。いいから答えろ」

「嫌だと言ったら？」

「単位剝奪だ」

——卑劣というか、卑怯というか。

「分かりました。ただ、あくまで推測だということは理解して下さい」

「いいだろう。まず、一つずつ片付けていこう。この部屋で起きている怪現象についてだが、テレビにノイズが入るのは、幽霊の仕業か？」

「ええ。その可能性が高いと思います。幽霊は物理的な影響力はありませんが、電気製品に干渉してしまうことがあります」

八雲が答えると、御子柴は何が嬉しいのかニヤリと笑みを浮かべた。

「では、水川が少女の声を聞いた——というのは？」

「それは可能性が二つあります。一つは、水川さんが実際幽霊の声を聞いた。もう一つは、テレビと同じで、幽霊が干渉したことで、熊のぬいぐるみに備わっている、ボイス機能が誤作動した」

「ふんふん。では、一番の難題だ。捨てたはずの熊のぬいぐるみは、どうして同じ場所に戻って来る？」

御子柴の目にぐっと力が入る。

試すような視線だ。

「おそらく、水川さんが自分で部屋に運んで来たのではないかと――」

八雲が口にすると、御子柴は「ほう」と声を上げながら顎を撫でた。

「ちょ、ちょっと。それってどういうこと？　私が嘘を吐いたとでも言いたいの？」

水川が声を荒らげる。

顔は紅潮して、怒りが抑えられないといった感じだ。

「あなたが嘘を吐いたなんて、ひと言も言っていません」

「で、でも、私が自分で持って来たって言ったでしょ！」

「ええ。但し、あなたはそれを自覚していなかった」

「自覚していない？」

「そうです。あなたは、夢を見ると言っていましたね。トンネルでぬいぐるみに追いかけられる夢――」

「そうよ」

「水川さんが、そういう夢を見てしまうのは、あなたに憑依している少女の幽霊が関係しています」

「…………」

「あなたが見ているのは、夢には違いないのですが、夢ではありません。あなたに憑依している少女の幽霊の記憶の断片です」

「え？　どういうこと？」

水川は、八雲の言葉を整理しきれないらしく頭を抱えている。

「水川さんは、夢を見ている間に自分で部屋を出て、ゴミ捨て場に遺棄した熊のぬいぐるみを回収して、元の場所に戻してしまったんです」

「そ、そんなことしてない！」

水川が叫ぶ。

まあ、そうなる気持ちは分からんでもない。

「そうだ。そんな訳ねぇだろ」

飯塚も声を上げる。

「ちょっと言い方がマズかったですね。水川さんは、眠っている間に幽霊に憑依され、その身体を操られていたんです」

八雲が言い終わると、水川は慌てて背後を振り返った。

少女の幽霊の姿を探しているのだろう。

「大丈夫です。今は、幽霊はあなたの身体に憑依していません」

「…………」

「少女の幽霊の目的が何にせよ、その熊のぬいぐるみに執着しているのは、間違いないでしょう。彼女の素性が分かれば……」

八雲の説明を遮るように、御子柴が声を張って笑い始めた。

大口を開けて、はははははっと笑ってはいるが、その目に楽しげな色はない。冷め切った目で八雲を見ている。

「何がおかしいんですか？」

八雲が問うと、御子柴はぴたりと笑みを引っ込めた。

「お前が、そう考える根拠を示せ」

御子柴がずいっと詰め寄って来る。

「まだ、根拠はありません。あくまで可能性の一つに過ぎません。最初に、そう言ったはずですが」

「そうだったな。だが、お前の考えは前提を間違えている」

「前提？」

「そう。幽霊がいる——という前提で推理を組み立てているんだ。つまりバイアスがかかっている。バイアスは分かるだろ。偏りだ。心霊現象を解決するという観点からものごとを見ているから、肝心なことに気付けない」

「何が言いたいんです？」

「確率論においては、データを正確に集める必要がある。集めたデータはフラットな状態で解析しなければならない。だが、お前はそこにバイアスをかけてしまった」

「ぼくが、フラットな視点を持っていないと？」

「ああ。バイアスをかけて、全てを幽霊に関連付けてしまっている。だから、重要なことを見落とすんだ」

今の自分の推理に絶対の自信を持っている訳ではない。まだ、分からない部分も多いので、推理が間違っているかもしれないとは思っている。

それでも、御子柴の言い様に腹が立った。

「ぼくが、何を見落としているんですか？」

「今回の一件が、心霊現象とは無関係だという可能性を見落としているんだ」

御子柴が、勝ち誇ったようにニヤリと笑った。

7

「具体的に説明して下さい」

八雲は、真っ直ぐに御子柴を見据えた。

冷静に言葉を発したつもりだったが、自分でも分かるほどに苛立ちが滲《にじ》んでいた。

御子柴は、そんな八雲を見て、嘲《あざけ》るような笑みを浮かべてみせる。

「繰り返しになるが、お前は、心霊現象であるというバイアスをかけてしまったので、この部屋で起きている事象が、幽霊以外のものによって引き起こされるという可能性を切り離してしまったんだ」

「そんなつもりはありません。そこまで仰るなら、御子柴先生の推理を聞かせて下さい」

挑発的に言ってみたが、御子柴はまるで動じなかった。

むしろ得意そうに胸を張り、髪を掻き上げる。

「いいだろう。まず、深夜に聞こえる少女の声。それから、テレビに走るノイズ。これらについては、電子機器が誤作動を起こしたと推察する」

「勝ち誇っている割に、同じじゃないですか」

「まあ、最後まで聞け。ぼくはこれが、心霊現象によって引き起こされたとは思っていない。電子機器が何かしらの電波干渉を受けた結果だと推察する」

「しかし、水川さんが心霊現象を体験してから、同様の現象が引き起こされるようになっています」

「それは、正確なデータなのか？」

御子柴が顎を上げ、冷たい視線を向ける。

「水川さんの証言に基づくものです」

「人間の証言により、全てを決めてしまうのは乱暴だな。客観的な実証データが無い限りは、それを鵜呑みにするべきではない」

「私は、嘘を吐いていません」

水川が強い口調で主張したが、御子柴は掌を突き出すようにしてそれを制した。

「嘘を吐いたとは言っていない。認識していなかった可能性があると言っているんだ」

「え？」

水川はキョトンとしていたが、八雲は御子柴が何を言わんとしているか理解した。

「つまり、テレビのノイズやぬいぐるみのボイス機能の誤作動は以前から起きていた。しかし、それは些細なことであった為に見過ごしていた。それが、心霊現象を体験したことにより、目に付くようになってしまった——ということですか？」

八雲が補足を加えると、御子柴は「正解」と指をパチンと鳴らした。

「そう考えると、テレビのノイズやボイス機能の誤作動には、別の原因が潜んでいる可能性が浮上する」

「そうですね……」

——参ったな。

八雲は苦笑いを浮かべるしかなかった。

御子柴の指摘は正しかった。幽霊が電波に干渉することがある。それは事実だ。だが、それが起こる原因は他にも考えられた。

それなのに、知らず知らずのうちに心霊現象と関連付けてしまっていた。

「ぼくは、心霊現象以外の可能性を考え、その中の一つを検証する実験を行ってみた」

「何です？」

御子柴は、八雲の問いに答えることなく、落ちているぬいぐるみを拾い上げると、それを持ってリビングに移動する。そして、ぬいぐるみをテレビに近付けた。

画面にノイズが走る。それも、さっきみたいな一瞬ではなく、近付けるほどにノイズが強くなっていくようだった。

さっき、ぬいぐるみを持って部屋を出たのは、この実験をする為だったのだろう。

この現象を見れば、八雲にも何が起きているのか分かる。

ぬいぐるみのボイス機能は電子機器だが、予め登録された音声を再生するだけで、強い電波を送受信するようなものではない。にもかかわらず、テレビのノイズの原因となった。つまり、ぬいぐるみには、強い電波を発する何かが仕込まれている——ということだ。

「盗聴器——ですか」

八雲が言うと、御子柴はニヤッと笑って頷いた。

「たぶんね。おそらく、ずいぶん前から、このぬいぐるみには盗聴器が仕掛けられていた」

「嘘……」

水川が両手で口を押さえて後退る。

これまでの自分の生活が、何者かに盗み聞きされていたのだ。奈落の底に突き落とされたような気分だろう。

真っ青な顔をした水川は、終には立っていられなくなり、廊下に座り込んでしまった。

「さて、このぬいぐるみに盗聴器が仕掛けられていたとなると、なぜ、捨てたはずなのに、何度も戻って来たのかはおのずと説明がつくだろ」

御子柴は、ぬいぐるみをぶんぶんと振り回しながら言う。

「そうですね」

ぬいぐるみが捨てられてしまっては、盗聴ができなくなってしまう。そこで、再び彼女の部屋に戻しておくという作業が繰り返されたのだ。

このぬいぐるみに仕掛けた理由は、ボイス機能が付いているからだろう。機械を改良して盗聴機能を付与する形にしておけば、そうそう見つかることはない。仮に発見されたとしても、ボイス機能の一部だと認識されるだろう。

そうなると、部屋に戻って来た理由も、単純にこの部屋を盗聴していた何者かが、侵入して戻しておいたということになる。

八雲の推理は、完全に論点がズレていた。推理が固まる前段階で披露させられたというのもあるが、心霊現象に捕らわれ過ぎていて、フラットに物事を見ることができなくなっていたという指摘に間違いはない。

少し見直した。

八雲は、チラッと飯塚の方に目を向ける。御子柴も、同じように飯塚に目を向けていた。

盗聴ということになると、その容疑者のトップに挙がるのは飯塚だろう。彼なら、水川の部屋に出入りが可能だったはずだ。

浮気などを疑い、恋人の部屋に盗聴器を仕掛けるということはよくある。

だが――。

飯塚は、唖然とした表情を浮かべていた。

「ふむ。このアホではないらしいな」

御子柴がポツリと言ったので、八雲は「そうですね」と同意の返事をする。飯塚は、何のことだか分からないらしく、キョトンとしていた。

何れにせよ、飯塚でないとすると別の可能性が浮上する。

「水川さん。過去にキーケースを紛失したことはありませんか？」

八雲は確認の為に訊いてみた。水川がはっという顔をした。

「一ヵ月くらい前に……」

「その鍵は見つかったんですか？」

「ええ。隣の棟の住人が見つけて、管理人に届けてくれたみたいで……誰が見つけてくれたのかは分かりませんけど……」

「その後、鍵の交換をしましたか？」

「いいえ」

これで確定だ。その住人は、鍵を拾ったのではなく、何らかの方法で彼女から盗んだのだ。

その上で、スペアキーを作製して管理人に落とし物として返却した。水川の部屋に自由に出入りできる状態だったというわけだ。

後は、管理人に鍵を拾った人物が誰かを確認すれば、おのずと犯人は明らかになる。

「取り敢えず、警察に連絡しますか」

携帯電話を取り上げた八雲だったが、御子柴が待てという風に手を翳した。

「その必要はない。盗聴器を仕掛けた人間が誰かは、簡単に炙り出すことができる」

「本当ですか？」

「もちろんだ。細かい説明は省くが、この手の電波はそう遠くまで飛ばせるものではない。つまり、犯人は近くにいる。捨てた翌日には、ぬいぐるみが戻っていることからも、このマンションの住人である可能性が極めて高い」

「そうですね」

ぬいぐるみを捨てたのは、鍵のかかるゴミ捨て場だ。そこから怪しまれることなく、回収できるのは、間違いなく住人だ。

「ぬいぐるみの置いてある位置と、テレビのノイズの入り方などから計算すれば、誰が盗聴していたのか突き止めることができる。今から計算するから、ちょっと待ってろ」

御子柴は、白衣のポケットからマーカーを取り出すと、壁に文字を書き始めた。てっきり計算式でも書くのかと思っていたが、全然違った。

〈今のは嘘だ。90％以上の確率で、犯人は証拠隠滅と逃亡を図る〉

――なるほど。そういうことか。

盗聴犯は、今の会話の一部始終を聞いていたはずだ。そうなると、どういう行動を取るのかは言わずもがなだ。

八雲は小さく頷くと、すぐに廊下を進みドアを開けて外廊下に出た。

それと同時に、向かいの棟のドアが開き、一人の男が慌てた様子で飛び出して来た。まず間違いない。あれが盗聴をしていた犯人だ。

男は八雲と目が合うと、一瞬硬直したが、すぐに走り出した。慌てて追いかける必要はない。部屋番号だけ確認できれば、それでいい。あとは、警察に通報して一件落着だ。

「なぜ追いかけない」

背後から御子柴に声をかけられた。

「なぜって、ここからでは追いつきませんよ」

「ふむ。それもそうか。じゃあ別の手を使おう」

御子柴は「角度はこれくらいか……」などとブツブツと言いながら、マンションの出入り口を確認したり、空を見上げたりしたあと、自分の位置を微調整しながら、ぬいぐるみをぶんぶんと振り回す。

そして、「ふんっ」と妙なかけ声を上げながら、ぬいぐるみを上空に投げ捨てた。大きく放物線を描いて宙を舞ったぬいぐるみは、ちょうどマンションのエントランスから出て来た男の頭に直撃した。

男は、そのまま前のめりに倒れる。

「計算通り――」

御子柴が得意げに言う。

――偶然だろ。

そう思う反面、御子柴なら、本当に狙って当てたのかもしれないと感じてしまうから不思議だ。

「中谷君」

後から部屋を出て来た水川が、マンションのエントランス前で伸びている男を見て声を上げた。

中谷というのは、確か水川の同僚だった。トンネルの前で顔を合わせて以降、仲良くなり、色々と相談に乗ってもらっていた男。

――なるほど。

水川は中谷が近くに住んでいると言っていた。彼なら同じ職場なので、水川のキーケースを拝借するのも容易だったはずだ。

熊のぬいぐるみを、何度も部屋に戻したのは、盗聴したいという願望だけでなく、それをすることで心霊現象に怯え、水川が自分に相談してくる状況を作りたかったというのもあるのだろう。

蓋を開けてみればお粗末な話だ。

8

「結局、心霊現象ではなかったな……」

マンションの外壁に寄りかかるようにして立っていた御子柴が、ポケットに手を突っ込みながら実に残念そうに言う。

「そうですね」

返事をしながらも気分が重かった。

御子柴の言うように、八雲は起こっている事象を心霊現象だと決めつけ判断していた。フラットに物事を見ることができなかった。

これまで、心霊現象の解決に巻き込まれることが多かった。そのせいで、バイアスがかかっていたのだろう。

「つまらない。ああ、つまらない」

「何がです？」

「つまらないから、つまらないと言ったんだ」

御子柴は、白衣のポケットから棒付き飴を取り出し、口の中に放り込むと、「つまらない」を連呼しながら歩き去って行った。

何をそんなに落胆しているのか、八雲にはさっぱり分からない。

御子柴は、幽霊の存在に対してフラットな立場だったはずなのに。もしかしたら、何処かで幽霊の存在を望んでいたのだろうか。まさかな——。

「また、厄介な問題を起こしやがって！」

立ち去る御子柴を見送っていると、スーツ姿の男が声をかけてきた。

粗野で、やたらと声がデカい熊みたいな風貌の男だ。よれよれのスーツに無精髭という姿は、どうにも野暮ったいが、これでも後藤は現職の警察官で、よりにもよって捜査一課の刑事だ。

「何処が厄介なんですか。警察がサボっているから、代わりに解決してあげたんですよ」

八雲は、警察に任意同行を求められ、頭《こうべ》を垂らしてパトカーに乗り込んでいる男に目をやった。

水川の向かいのマンションに住み、ぬいぐるみを使って盗聴をしていた中谷だ。

「別にサボってた訳じゃねぇよ。盗聴犯を捕まえるのは大変なんだよ。犯罪自体が発覚し難いしな。だいたい捜査一課の管轄でもねぇしな」

後藤の言う通り、盗聴という犯罪はその性質上、非常に発覚し難い。事件として認知されなければ、警察としても動きようがない。

ただ、後藤を前にすると、どうしても素直に認める気が起きない。

「言い訳ですか。図体がデカい癖に、ずいぶんと器の小さい男ですね」

「何だと！　てめぇ！　ぶっ殺すぞ！」

後藤が八雲の胸倉を摑み上げてきたが、こんなものは日常茶飯事だ。

「すみません。殺害予告をされています。この男を殺人未遂で逮捕して下さい」

八雲が手を挙げながら言うと、パトカーの前にいた制服警官たちが一斉にこちらに視線を向けた。

「て、てめぇ！　余計なこと言うんじゃねぇ！」

後藤は、慌てて八雲から手を放し、「何でもない。気にするな」と必死に弁解している。その慌てふためく様が面白くて、ついつい笑ってしまった。

「笑い事じゃねぇ」

後藤は顔を真っ赤にして怒っていたが、それをかわいそうだとは思わないので無視しておいた。

そこに、水川と飯塚が歩み寄って来た。

「あの。今回は色々とありがとう」

水川はたどたどしい調子で言いながら頭を下げた。

「いえ。ぼくは何もしていません」

謙遜ではなく事実だ。

今回の一件を解決したのは御子柴であって、八雲ではない。バイアスがかかっていたせいで、真実を見誤っていたのだ。

悔しい気持ちがこみ上げてきたが、それをぐっと押し込んだ。

フラットな視点を持っているつもりでいたが、それは大きな勘違いだったことを思い知らされた。

「それで、部室の件だけど……ここでは何だから改めて」

「はい」

心霊現象を解決することを条件に、同好会の申請を黙認してもらうことにしていたが、彼女が体験していた現象の正体は盗聴だった。自分で解決したのなら、いくらでも言い様があるが、そうではない。交渉は敢えなく失敗だ。

おそらく水川は、幽霊が憑依していると言った八雲の言葉を、嘘だと思っているはずだ。騙されたと認識しているに違いない。

せっかく、いい住処を見つけたと思ったが、別の場所を探す必要がありそうだ。

水川と飯塚は、二人揃って歩いていく。仲直りをしたといったところか。飯塚はいけすかない男だが、別に八雲が口を出すような問題でもない。好きにすればいい。

八雲も、その場を立ち去ろうとしたところで、ふと人影が目に入った。

ぬいぐるみを持った少女の幽霊だった——。

八雲の部屋に来たときは、水川の身体に憑依していた。だが、さっき部屋を訪れたときは、その姿は見えなかった。そして、今、改めて水川の姿を見守るような場所に立っている。

なぜ、あの少女の幽霊が水川に近付いたのかは不明だが、特に害をなさないのであれば、放っておいてもいいだろう。

多分、同じアニメを好きだったことで、シンパシーのようなものを感じただけなのだろう。

自嘲気味に笑ったところで、少女の幽霊と目が合った。

少女の幽霊は、真っ直ぐに水川たちの方を指差して何かを言った。声は聞こえなかった。だが、唇の動きを読んだ。

〈このひとが――〉

少女の唇はそう動いたように見えた。

「後藤さん。頼んでいた件、調べはついていますか？」

八雲は、少女の幽霊に目を向けたまま訊ねる。

「ああ。二週間くらい前に、行方不明になっている女の子が一人いる。夕方、友だちの家に遊びに行ったきり、戻って来なくなってしまったらしい。名前は亜紀《あき》ちゃん。警察は事件と事故の両面で捜査を続けているが、今のところ手掛かり無しだ」

「もしかして、亜紀ちゃんの家は、大学北側のトンネルの近くですか？」

「よく分かったな」

「警察は、付近を捜索したはずですよね。そのとき、彼女が持っていた熊のぬいぐるみは発見されていますか？」

「いや、見つかっていない」

「そうか。そういうことだったのか……」

おそらくだが、水川がトンネルの中で見た熊のぬいぐるみは、実体ではない。亜紀の幽霊が近くにいたことで、偶発的に見えてしまった虚像なのだろう。

水川が亜紀の幽霊を見てしまったのは、波長が合ったからというのもあるが、憑依されていたのはちゃんと理由があったのだ。

「何か分かったのか？」

「ええ。残念ながら、亜紀ちゃんはもう死んでいます」

「何てことだ……」

後藤が絞り出すように口にした。強く握った拳《こぶし》が、小刻みに震えている。

これが後藤のダメなところだ。

事件の一つ一つにいちいち感情移入していては、警察官など務まらない。とにかく、今の情報でだいたいのことは見えた。

八雲は、すぐに水川の背中を追いかけつつ「待って下さい」と声を上げた。

水川と飯塚が足を止めて振り返る。

「すみません。少しだけお時間を頂けますか？　幾つか確認したいことがあります」

「確認？」

「ええ。飯塚さんは、車が故障して修理に出しているんでしたよね？」

八雲が訊ねると、飯塚は怪訝《けげん》な表情を浮かべつつも「そうだけど……」と答えた。

——やはりそうか。

「水川さんに、ぼくからの忠告です。これからも、飯塚さんと交際を続けるつもりなら、止めた方がいいと思います」

「てめぇ！　急に何言ってんだ！　やっぱり狙ってたのか？」

飯塚が声を荒らげながら八雲の胸倉を摑み上げた。

感情的かつ短絡的で、本当に自己中心的な男だ。そうやって、己の罪の重さもろくに考えずに、場当たり的に犯行に及んだのだろう。

「どうして、あなたにそんなこと言われなきゃいけないの？」

水川も抗議の声を上げる。

「飯塚さんと交際していると、少女の幽霊はあなたに付きまとい続けますよ」

「何を言ってるの？　あれは心霊現象じゃなくて……」

「本当にそうでしょうか？」

八雲は水川の反論を強引に遮った。

「え？」

「テレビのノイズや、熊のぬいぐるみの件は、盗聴犯の仕業だということが分かりました。まだ解決していない問題があるはずです」

「解決していない問題？」

「ええ。水川さんが見ている夢――とか」

「夢？」

「水川さんが盗聴されていたのは事実です。ただ、それが心霊現象の全てではありません。盗聴犯が、あなたに夢を見させることはできませんから」

水川が毎晩のように繰り返し見る夢。あれは、おそらく少女の幽霊の記憶の一部と、水川のそれとが混ざり合ったものだったのだ。

あの夢に、全てのヒントが隠されていたのだ。

「で、でも……」

「夢の中で、水川さんは何を見ましたか？」

八雲の問い掛けに、しばらくは困惑して眉を顰めていた水川だったが、やがて口を開いた。

「……何かが後ろからあとをつけて来ていて。それで、私は慌てて逃げて……。そしたら、トンネルの中で、あのぬいぐるみを見つけて……。それから、大きな衝撃があって、気付いたら倒れていて……」

水川の声が震える。

「それから、どうなりましたか？」

「知らない男が、私の顔を覗き込んで来て……それで、怖くなって目を覚まして……」

「それは、本当に知らない男でしたか？」

八雲が訊ねると、水川は隣にいる飯塚に目を向けた。

水川自身は、無意識だったのだろう。だが、彼女は深層心理では分かっていた。

「その男の人は、飯塚さんではありませんでしたか？」

八雲は、ゆっくりと飯塚を指差した。

「は？　お前、さっきから何を言ってんだ？」

飯塚が拳を振り上げ、今にも殴りかからんとしていたが、それでも八雲は続けた。

「水川さんが見たのは、亜紀ちゃんという少女が、車に撥《は》ねられ、死ぬ間際に見た光景です」

「えっ……」

「あなたは、幽霊の声を聞いたと言っていましたよね？」

「あれはボイス機能の誤作動だって……」

「そう思っていましたが違います。誤作動したのだとしたら、喋る内容は、予め登録されている音声でなければならない。でも、違ったはずです」

「…………」

「あなたは、どんな言葉を聞いたんですか？」

「……痛いよ……助けて……って……」

「それは、登録されていた音声ですか？」

八雲の問いに水川は答えなかった。だが、返答されるまでもなく分かる。

子ども向けのアニメをベースにした玩具に、「痛い」「助けて」などという言葉が登録されているはずがないのだ。

「あなたが聞いたのは、車に撥ねられて死んだ少女の幽霊の言葉です」

「おい！　いい加減にしろよ！　何を根拠にそんなデタラメを言うんだ！」

飯塚が割って入って来た。

「証拠ならありますよ」

八雲は、ポケットの中からトンネルで御子柴が拾ったプラスチック片を取り出し、指で摘まんで飯塚に見せた。

「な、何だこれ？」

「え？　分かるはずですよね？　これは、車のヘッドライトの破片です」

最初はぬいぐるみの一部かと思っていたが、状況が整理できると、その正体は自ずと明らかになる。

「だ、だから何だよ。何の証拠にもならねぇだろ」

強がっているが、明らかに目が泳いでいる。この反応からして確定だろう。

飯塚は、あのトンネルで少女を撥ねた。すぐに救急車を呼び、警察に通報すべきところだ。

だが、飯塚はそうはしなかった。

逃げるならまだしも、周囲に人がいないのをいいことに、現場を綺麗に掃除して、亜紀の死体を別の場所に移動させた。おそらく、何処かの山中に埋めたのだろう。

事故を起こした車は、自損事故という体《てい》で修理に出したといったところか。

だからあの日、水川を迎えに行かなかった。車を修理しているのであれば、代車があったはずだ。それでも嫌がった。

なぜなら、あのトンネルを通ると分かっていたからだ。

これまで水川が口にする心霊現象を否定していたのは、心当たりがあったからだ。自分が撥ねた少女ではないか——と。

だからこそ、八雲たちが調査に乗り出すと同時に、同席を求めてきた。心霊現象の調査を通じて、自分の罪が露呈することを恐れたのだ。

本当に自己中心的なクズ人間だ。

亜紀の幽霊が、水川に憑依していたのは、単なる偶然ではなく、彼女の周辺に飯塚の影があったからに違いない。

水川を通して、飯塚の悪行を訴えていたのだ。

「今さら足掻《あが》いても無駄ですよ。この破片一つでも充分、証拠になります。そうですよね。後藤さん」

八雲が言うと、後藤が背後からぬっと歩み出た。

「ああ。もし、この破片に、誰かの血痕が付着していた場合、それは立派な証拠になる。ついでに言うと、小さな破片から車種を特定することくらいはできる。お前が、同じ車種の車を持っていて、修理に出していたりした場合は、警察署で詳しい話を聞かせてもらうことになる」

「し、知らない」

飯塚は尚も否定する。

「今のは本当なの？　ねぇ」

　水川が、飯塚の腕を摑んで揺さぶる。

　自分の恋人が、そんな非道な人間だとは信じたくないのだろう。

「は、離せ」

「答えて。どうなの？　本当に女の子を撥ねたの？」

「離せって言ってんだろ！」

　飯塚は、水川を突き飛ばすと、脱兎の如く駆け出した。

　我が身かわいさに、自分の彼女に乱暴を働くなど、クズの極みだな。

　何にしても、今の行動で、自ら罪を認めたのと同じだ。それに、現場にまだ複数の警察官が残っているというのに、走って逃げようとするなど愚の骨頂だ。

　それが証拠に、飯塚はマンションの敷地を出る前に、後藤に引き摺り倒された。その後、制服警官にも囲まれ、もうもみくちゃだった。

　水川は、ただ放心状態でその場に立ち尽くしていた――。

エピローグ

寝袋にくるまりまどろんでいると、ドアをノックする音が聞こえた――。

八雲は、もぞもぞと起き出し目を擦《こす》る。

返事をする気にはなれなかった。昨日の事件で疲れているのだから、今日はごろごろして過ごしたい。

だが、そんな八雲の心情などお構い無しにドアが開いた。

顔を出したのは御子柴だった。

「やっぱり……」

思わず声が漏れる。

「何がやっぱりだ。分かっていたなら応対しろ」

「分かっていたから、応対したくなかったんです」

「まるで迷惑みたいじゃないか」

「みたいじゃなくて、割と迷惑なんですけど……」

「いいか、元はといえば、お前がちゃんと説明しないから、ぼくがわざわざ足を運ぶことになったんだ」

御子柴はそう言うと、招き入れた覚えもないのに、勝手に椅子に座った。

この図々しさは、逆に尊敬に値する。

八雲は、仕方なく起き出すと寝グセだらけの頭をガリガリと掻きつつ、御子柴の向かいの席に座った。

「水川から聞いたぞ」

「ああ。それで、わざわざ足を運んだんですか……」

「そうだ。事件に続きがあったのなら、ちゃんとそれを説明に来い」

あの後、飯塚は、亜紀を車で撥ね、その死体を山中に埋めたことを素直に認めた。

そして、飯塚の証言通りの場所から、亜紀の死体と、彼女が大切にしていた熊のぬいぐるみが発見されたそうだ。

失われた命は二度と戻ってこないが、亜紀はようやく無念を晴らすことができたはずだ。

そうだと信じたい――。

「説明したら信用したんですか？」

「いいや。ぼくが直接検証していないからな。今回の検証については、第三者の証言は受け容れない」

――やっぱりな。

「だとしたら、説明に行ったところで無意味ですよね」

「まあ、そうだな」

「とにかく、これで終わりなので、もう帰ってもらっていいですか？」

八雲が言うと、御子柴は白衣のポケットから棒付き飴を取り出し、それを口の中に放り込んだ。

「嫌だね」

「どうしてですか?」

「色々と気になることがあるからだ」

「気になること?」

「そうだ。例えば、お前は左眼にだけコンタクトレンズを入れているな。それは、見えることと何か関係があるのか?」

御子柴が、ずいっと顔を近付けてしげしげと顔を見つめてくる。

あまり余計なことは知られたくない。ただ、この人が相手では、いくら誤魔化しても無駄だろう。

納得のいく答えが見つかるまで、何度だって追及してくる。

「そうですね」

「どう関係あるんだ?」

「そこまでは分かりませんが、ぼくはオッドアイなんです。左眼だけちょっと特殊な色をしているんです」

「コンタクトを外して見せろ」

「嫌です」

「見せろ」

「嫌です」

「見せろ」

「嫌です」

「見せろ」

――ダメだ。全然引く気がない。

押し切ろうとしても、絶対に逃げられない。だったら、見て納得してもらうしかない。

八雲は、深いため息を吐きつつ左眼のコンタクトレンズを外した。

これまで、何人か赤い左眼を見た人間はいるが、たいていは気味悪がる。そうでなかったとしたら、同情の視線を向けてくる。

そうした視線を向けられるのが嫌で、隠すようにしているのだ。

「ほう。面白い」

御子柴の反応は、これまで八雲が経験したことのないものだった。

「面白いですか？」

「興味深いと言った方がいいかもしれないな。可視光線の話をしていたが、お前がその推論を導き出した意味が分かった。この色がフィルターの役目を果たして……」

御子柴が感心したように何度も頷きながら、ぶつぶつと何事かを言っている。

この人にとって赤い左眼は、恐怖や同情の対象ではない。純粋に好奇心を刺激されているのだろう。八雲の感情や過去など、まるで興味がない。

不思議と、そのことに嫌悪は抱かなかった。むしろ、分かり易くて清々《すがすが》しいとすら思えた。

「これでいいでしょ。もう帰って下さい」

八雲は、コンタクトを戻しながら言ったが、御子柴は席を立とうとはしなかった。

「気になることは、まだある」

「何ですか？」

「お前は、チェスのルールを知らないと言っていた」

「はい」

「それが、本当かどうかの検証がまだできていない」

御子柴は、そう言いながらチェス盤をテーブルの上に置き、勝手に駒を並べ始めた。

「もしかして、これからチェスをやるんですか？」

「その通り」

「嫌ですよ」

「ダメだ。お前のチェスの実力次第では、色々と変わってくるからな」

「ぼくがルールを知らないふりをして、負ける可能性もありますよね」

「もちろん、その可能性も視野に入れている。ゲーム理論に当て嵌めれば、当然、お前はその選択をするはずだ。だから、そうならないようにペナルティーを用意した」

御子柴は、そう言ってニヤリと笑った。

「ペナルティー？」

「そうだ。もし、お前がわざと負けたとぼくが判断した場合、単位は剥奪だ」

「最悪だ――」

八雲は思わず頭を抱えた。

ここまでしつこく、かつ厄介な人だとは思わなかった。

「全力で勝負をすればいいだけだ。問題ないだろ。検証は、まだ続いているんだ」

「まだ継続するつもりですか？」

「当然だ」

御子柴は得意げに胸を張る。

「でも、事件は終わりましたよ」

「次の事件を待てばいい」

「そうそう心霊事件なんて起きませんよ」

「安心しろ。お前の元に心霊事件が舞い込むようにしてある」

さらっと不吉なことを言う。

「どういう意味ですか？」

「水川を通して、噂を流しておいてもらった。斉藤八雲は、超能力で心霊事件を解決できるらしい――という噂を」

「なっ！」

——最悪だ。

そういうことに巻き込まれないように、ひっそりと大学生活を送ろうと思っていたのに、そんな噂を流されたら堪ったものではない。

しかし、いくら嘆いても流れてしまった噂を消すことはできない。

八雲の落胆などお構い無しに、御子柴はチェスの駒の配置を終えると、一枚の紙を八雲に差し出して来た。

その紙には、チェスの駒の動かし方が記載されていた。

「ルールはそこに書いてある。さあ、勝負をしようじゃないか。赤眼のナイト君」

嬉しそうに言う御子柴を見て、ただため息だけが漏れた。

第二話　魂の素数

プロローグ

高架の上を電車が走り去って行く。

線路と車輪とが立てる音が、耳の奥に響いて不快だった。近くを流れる川から漂う、生臭い臭《にお》いも嫌悪感を増幅させる。

「何で来ちゃったかな……」

横澤健一《よこざわけんいち》は、月影の下、塗料の剝《は》げかかった鳥居を見上げながらぼやいた。

鳥居の向こうには、きつい傾斜に沿って、青い苔《こけ》のこびりついた石段が続いている。

鬱蒼《うっそう》とした木々に囲まれていて、石段の先は途中で闇に飲まれて見えなくなっている。まるで、異世界へと通じているようではないかと思ってしまう。

ガサガサッと石段を囲う木々が揺れた。

木の枝から数羽の鳥の影が、飛び立って行った。

鳥の羽音というのは、どうしてこうも不安を掻き立てるのだろう。

「ねぇ。本当に行くの？」

秋川《あきかわ》が身体《からだ》をすり寄せて来る。

「お前、ビビり過ぎだろ」

横澤は冷やかしてみたものの、自分でも分かるくらいにその声が震えてしまっていた。

怖さもあるが、ほのかに抱いていた期待を裏切られたことで、気分が沈んでいるせいもあるだろう。

神社に肝試しに行こうと言い出したのは、誰あろう横澤自身だった。

この石段の先にある神社は、心霊スポットとして有名だ。ただ、幽霊が出るだけなら、わざわざ足を運んだりしない。

横澤は、神社にまつわる都市伝説に興味があったのだ。

まだ、廃墟になる前のことだ。

神社の神主《かんぬし》は、社《やしろ》の前で泣いている女性の姿を見かけた。

心配になって声をかけると、彼女はどうしても叶えたい願いがあり、神社に足を運んだのだという。

神主は、そんな彼女の願いが叶うように、参拝の作法を教えた。

それ以来、彼女は毎日神社に足を運ぶようになった。神主は顔を合わせる度に、彼女と短い言葉を交わした。

他愛もない話だったが、神主はすっかりその女性に心を奪われてしまった。女性の方も、悪《にく》からず思っていると感じていた。

だから、神主からも彼女の願いが叶うように願懸けをした。

ある日、神主は女性から「願いが叶いました」と喜びの報告を受けた。

神主も自分のことのように喜んだのだが、彼女の願いは、意中の男と結ばれることだった。

それを知った神主は、ただ愕然とするしかなかった。

それ以来、神主の様子がおかしくなった。

言動が支離滅裂になり、やがては、自ら命を絶ってしまったのだ。

恋に破れた神主は、死してなお、この神社を彷徨《さまよ》っているのだという。

最初は、単なる幽霊の噂《うわさ》だったが、次第にそれが変化し、ある都市伝説が囁《ささや》かれるようになった。

想い人と一緒に神社に行き、二人の名前を紙に書き、おみくじ掛けにそれを結んでおくと、二人は必ず結ばれるのだそうだ。

想いを遂げられず、命を落とした神主が、自分と同じ境遇の人を哀れみ、力を貸してくれるという話だ。

但し、それは願いではない。呪《のろ》いなのだという。

なぜなら、願いが叶い結ばれた者は、必ず何かしらの代償を払わされるからだ——。

横澤が最初にその話を聞いたとき、迷信だと吐き捨てた。だが、それでもこうして足を運んだのは、大学のサークルの後輩を誘う口実にしようと思ったからだ。

ショートカットの彼女は、とにかく可愛かった。ひと目見たときから、もう好きになってしまっていた。

朗らかで、清廉で、男っけがないところも良かった。

二人きりだと警戒されてしまう。あくまでサークルの仲間での遊びという体《てい》を保つ為に、秋川と川端《かわばた》にも声をかけた。

秋川も川端も、各々意中の人がいるので、横澤の提案にすんなり乗ってきた。

あの子と結ばれるなら、呪いでも何でも良かった。

それなのに、横澤の意中の彼女には、あっさり断られた。用事があると言われてしまったのだ。ギリギリまで粘り、当日待っていると告げたものの、結局、姿を現すことはなかった。

こうなると、神社に行く理由なんて何処《どこ》にもない。

それは、隣にいる秋川も同じだろう。彼女もまた、意中の男性に断られてしまった。ただ、こちらは親戚に不幸があり、帰省しなければならなくなったのでやむを得ない事情ではあったが……。

「何か、緊張してきた」

はしゃぐように言ったのは川端だった。

川端の隣には、白井萌《しらいもえ》の姿がある。長い黒髪で、整った顔立ちをしているのだが、痩せすぎているせいか、何処か暗い印象が付きまとっている。

普段から口数も少なく、横澤が想いを寄せる彼女とは、全くタイプが違う。

今も白井は、特に笑うでもなく、ただじっとそこに立っている。

「で、二人一組で行くんだよな。おれ、白井さんと一緒でいい？　ね、いいよね？」

川端は半ば興奮気味に白井に声をかける。

白井は小さく頷《うなず》いた。

本当に腹が立つ。元々は、横澤が企画したというのに、結果として川端だけがおいしい思いをすることになるとは――。

さっさと帰りたいところだが、考え方を変えれば、これを機に川端に恩を売れる。その上で、こちらに協力させればいい。

「ここで待ってるから、さっさと行って来いよ」

横澤は、川端の尻を軽く蹴った。

「分かった。行って来る。白井さん、行こう」

川端が先導するかたちで石段を上り始めた。

白井がその後に続いて歩き始める。二人の姿は、すぐに闇に呑まれて見えなくなった。懐中電灯代わりにしている、携帯電話のライトだけが、人魂のように揺れながら進んで行く。

「何だかな……」

秋川が深いため息を吐《つ》いた。

気持ちは分からんでもない。秋川からすれば、意中の相手である松永《まつなが》が参加しないのであれば、ここにいる理由などない。

「そうふて腐れるなよ。松永さんがいなくても、川端と白井さんがうまくいけば、お前にとっても都合がいいだろ」

「まあ、そうね」

「得しないのは、おれだけだよ」

横澤は、苛立《いらだ》ちとともにアスファルトを蹴った。

「ああ。それね。あの子は諦《あきら》めた方がいいと思うよ」

「何で？　彼氏いないって言ってたし、ワンチャンあるっしょ」

「少なくとも、横澤にはチャンスないよ」

「どうしてだよ」

「あの子さ、ほわっとしているようで、結構、達観して周りを見てると思うんだよね。合わせるのは上手《うま》いけど、好き嫌いがはっきりしているっていうか……」

「何だよそれ。僻《ひが》みか？」

「は？　そんなんじゃないわよ……」

「まあ、いいけどさ」

「それにしても、ここって何か不気味じゃない？」

秋川が、しきりに辺りを見回しながら口にする。

「そうだな」

ここに来るまでは、それなりに灯《あか》りがあったが、神社の入り口周辺だけやけに暗い。

それに、さっきから、変な音が聞こえる気がする。

「私、さっきから頭痛いんだよね。それに、何か寒気がするし」

秋川が自らの両腕を抱えるようにして、ぶるっと身体を震わせた。

横澤もこの場所に来てから、奇妙な感覚を味わっていた。ずっと耳鳴りがしているし、まるで、誰かに見られているような気もする。

もしかしたら、ここは足を踏み入れてはいけない領域だったのかもしれない。

ただ、それを素直に認める気にはなれなかった。

「秋川は気にしすぎなんだよ」

茶化すように言った横澤だったが、その声を遮《さえぎ》るように悲鳴が降ってきた。

川端の声だ。

「何？　今の？」

「わ、分からない」

横澤は首を振った。

「し、白井さん！　白井さん！」

今度は、しきりに名前を呼ぶ声が聞こえてきた。

何かは分からないが、大変なことが起きたのだけは間違いない。横澤は、様子を見に行こうとしたが、足が動かなかった。

目の前にある石段が、ぐにゃりと曲がった気がする。

この先に行ってはいけない——理屈ではなく、本能がそう言っている気がした。

「絶対ヤバいって。行こう」

秋川が意を決したように駆け出した。

本当は行きたくない。だが、秋川を一人だけ行かせる訳にもいかない。横澤は、引《ひ》き摺《ず》られるように石段を駆け上がった。

暗いことと、軽い目眩《めまい》を覚えたせいで、何度か石段を踏み外しそうになったが、それでも何とか石段を上り続ける。

ようやく最上段まで上ったところで、川端の姿が見えた。

社の前で尻餅をつき、ガタガタと震えている。

「ど、どうした？」

横澤が声をかけると、川端はパクパクと口を動かす。だが、慌てているせいか、言葉になっていない。

「落ち着けって」

横澤は、川端の両肩を摑んで揺さぶった。

焦点の合わない目をしていた川端だったが、何とか正気を取り戻したらしく、すうっと社の方を指差した。

「き、消えた――」

「え？」

「し、白井さんが消えたんだ――」

横澤は、川端の言葉を理解することができず、ただ呆然とするしかなかった。

I

「失礼します――」

斉藤八雲《さいとうやくも》は、ノックしてからドアを開けた。

電気は点《つ》いているが、部屋の中には、まるで迷路のように段ボール箱が積み上げられていて、部屋の主《あるじ》である准教授の御子柴岳人《みこしばがくと》の姿が見えない。

「遅い」

部屋の奥から、不機嫌さを纏《まと》った声が飛んできた。

八雲は、ため息を吐きつつも段ボールの迷路を抜けて、部屋の奥に移動する。

窓を背にする形でデスクが置かれ、その席に御子柴が座っていた。

整った顔立ちをしているのだが、もさもさの髪のせいで、何処か野暮ったい印象がある。いつものように、白衣に黒のスラックスという出で立ちで、口の中では棒付きの飴をモゴモゴと転がしている。

「まったく。いつまで待たせるんだ」

御子柴はそう言いながら、口の中から出した棒付き飴をずいっと八雲の眼前に突きつける。

――汚い。

「講義終了後に来いとは言われましたが、時間を指定された覚えはありません。遅いと言われる筋合いはないです」

「お前は理屈っぽいな」

「いや、その言葉、そっくりそのままお返しします」

「ぼくは理屈っぽくない！　どうしても、理屈っぽいと言うなら、過去の言動から、事例ベースの意思決定理論にて検証してみようじゃないか」

御子柴が白衣のポケットから、マーカーを取り出し、ホワイトボードに向かおうとする。

――そういうところが理屈っぽい。

思いはしたが、口に出すことはなかった。そんなことをすれば、話はより一層、長くなってしまう。

「分かりました。ぼくが悪かったです」

取り敢えず謝っておく。本当に、御子柴と一緒にいるとペースが乱れる。

「だったら、最初から言うな」

横柄《おうへい》な言い方に腹は立ったが、反論すれば余計にややこしくなる。

「それより、今日は何の用事ですか？」

「まあ、取り敢えず座れ」

御子柴に促され、八雲はデスクの前に置かれた丸椅子に腰掛ける。その間に、御子柴はデスクの上にチェス盤を置いた。

「またチェスですか？」

前回の事件のとき、検証と称してチェスの勝負に付き合わされた。結果は八雲の惨敗だった。それで終わりだと思っていたのに、それから毎週のように講義後に呼び出され、チェスに付き合わされている。

「またとは何だ。まるで、ぼくが無理矢理チェスに付き合わせているみたいじゃないか」

「その通りですよ」

――自覚がないのか。この人は。

「お前がそう感じるのは、チェスをただの遊びだと捉えているからだ。ぼくは、チェスを使ってゲーム理論の有用性を……」

「もういいです。ゲーム理論の有用性を確かめたいなら、他の対戦相手を探して下さい。ぼくでは相手になりませんよ」

「そうでもない。ぼくとお前の戦績を理解しているか？」

「御子柴先生の全勝です」

「正確には十八勝零敗だ」

「やはり、ぼくでは相手になりませんよ」

「いや。お前は呑み込みが早い。目覚ましいまでの成長だ」

「この戦績を見て、成長しているとは思えませんけど……」

「ふむ。分かってないな。これを見てみろ」

御子柴はそう言うと、ノートパソコンを開き、ディスプレイが八雲にも見えるように向きを変えた。

そこには、青と赤の二本の折れ線グラフが表示されていた。

「これは何です？」

「チェスの勝負の手数と所要時間をグラフにしたものだ。このグラフを見れば一目瞭然だが、手数、所要時間ともに右肩上がりになっている。一度も下がることなく。これは、まさにお前の成長の証《あかし》だ。それから、こっちには、対戦時の戦況を数値化したデータがある」

御子柴は、ノートパソコンを操作して、ディスプレイに別のデータを表示させた。

「先生は暇なんですか？」

もう開いた口が塞がらない。大学の准教授が手間暇かけて、学生とのチェスの対戦データを纏めているとは——。

「暇な訳ないだろ。ぼくは忙しいんだ」

御子柴が子どものように口を尖らせ、デスクをバンバンと叩く。

「そうですか。お忙しいようなので、ぼくはこれで失礼します」

この機に乗じて立ち去ろうとしたのだが、御子柴にポーンの駒を投げつけられた。

「勝負が終わってないのに、勝手に帰ろうとするな。それに、今日のメインはチェスの勝負ではない」

こちらの都合などお構い無しに、自分の主張だけ押しつける。まるで子どもだ。だが、最近の付き合いでよく分かった。この人は、こういう人なのだ。

どんなに反論しようと、強引な理論で自分のペースに持ち込んでしまう。

「だったら、そのメインをさっさと終わらせて下さい」

八雲は床に落ちたポーンの駒を拾い、チェス盤に戻しつつ丸椅子に座り直した。

「ふむ。いい心がけだ。そうだ。珈琲《コーヒー》でもどうだ」

御子柴は嬉しそうな笑みを浮かべつつ、さっき八雲が戻したポーンの駒を進めた。

「先生が他人に何かを与えるなんて、雪が降るかもしれませんね」

「ほう。気象庁が弾き出した降水確率は零%だったはずだ。それを覆《くつがえ》すだけの根拠があるということだな。それを提示してみろ」

――この人は何を言っているんだ。

「珍しいことの比喩ですよ」

八雲が告げると、御子柴が一瞬だけ固まった。

「比喩なんて使うんじゃない。穢《けが》らわしい」

「穢らわしいって……」

どうやら、この人は数学以外のことは、からっきし駄目らしい。次からは、積極的に比喩や諺《ことわざ》を使うようにしよう。

「それに、ぼくだって珈琲くらい出す」

御子柴は、そう告げるとキャビネットの上に置いてある電気ケトルのスイッチを入れ、小型のビーカーを用意すると、そこにインスタント珈琲の粉末を注ぎ入れた。

「それで用事は何ですか？」

八雲はポーンの駒を進めながら訊《たず》ねる。

「幽霊の検証についてだ」

御子柴がデスクに向き直り、ナイトを動かす。

「まだ、そんなことを言っているんですか？」

八雲は、別のポーンを前に進める。

「当然だろう。まだ、検証はできていないんだ。ぼくは、はっきりした答えが得られるまでやるぞ」

御子柴はニヤリと笑みを浮かべつつ、ナイトの駒をさらに進める。

──本当にしつこい。

思わず声が漏れそうになった。

普段は黒い色のコンタクトレンズで隠しているが、八雲は生まれつき左眼が赤い。ただ赤いだけではなく、死者の魂──つまり幽霊が見えるのだ。

そのことを知った御子柴は、八雲を使って幽霊の存在の有無を検証しようとしているのだ。

その為に、八雲の許へ心霊絡みの事件が舞い込むように、「斉藤八雲には超能力があり、心霊事件を解決できる」──などという妙な噂を流す始末だ。

本当にいい迷惑だ。

これまで、望んでもいないのに心霊絡みの事件に巻き込まれることが多々あった。できれば、大学生活は平穏に過ごしたかったのだが、このままでは、そんなささやかな願いがぶち壊しになる。

「検証なんて、そろそろ諦めたらどうですか？」

八雲は、ナイトの駒を進めた。

幸いにして、御子柴の流した妙な噂は機能することなく、四ヵ月が経過している。もうとっくに諦めているものとばかり思っていた。

「その必要はない」

御子柴がポーンを進めると、電気ケトルの水が沸騰した。

ビーカーにケトルのお湯を注いだあと、御子柴はそれを八雲に手渡してくれた。

「どういうことです？」

八雲がビーカーを受け取りながら訊ねると、御子柴はニヤリと笑った。

――嫌な予感がする。

「察しが悪いな。喜べ。おあつらえむきの心霊事件が舞い込んだぞ」

「どうして喜ばなきゃいけないんですか。最悪です」

「幽霊の存在が証明できるかもしれないんだぞ」

「別にぼくからすれば、どっちでもいいです」

「お前は、そうやってすぐに自分の殻に閉じ籠もるんだな。他人を遠ざけ、自分の体質から逃れ、その先にいったい何がある？」

——何も知らない癖に。

御子柴の言い様に、心底腹が立った。これまで、八雲は赤い左眼のせいで、散々嫌な想いをしてきた。

幽霊が見えるだけで気味悪がられ、化け物扱いをされる。赤い左眼が気持ち悪いと避けられ、自分の母親にすら殺されかけた。

挙げ句、死んだ者たちの負の感情を正面から受け止め続けてきた。

「何もありませんよ。ぼくは、そういう生活を望んでいるんです。ただ、静かに暮らしたい」

「その考えは、バイアスに満ちている」

「は？」

「人間は平等ではない。それぞれに特性がある。その特性を理解した上で、効率的に活用すべきだとは思わないか？」

「いいえ。まったく」

「ふむ。やはりお前は排他的だな」

「先生だって同じでしょ。排他的で他者を遠ざけていますよ」

講釈を垂れているが、御子柴だって他者と積極的に絡んでいるようには見えない。

「一緒にするな。ぼくは、ちゃんと他者を見ている。いいか、お前は感情で他人を見るから、判断を誤るんだ。数字を通して見れば、小難しいことを考える必要はなくなる」

御子柴は自信たっぷりに胸を張る。

その姿を見て、八雲は思わず頭を抱える。本当に他者を見ているのだとしたら、少しはこちらの心情も察して欲しいものだ。

「ん？　もう手詰まりか？」

御子柴がとんとんっとチェス盤を指で叩いた。

別に、チェスの指し手に詰まって頭を抱えたのではないが、御子柴には伝わらない。決定的に何かがズレているのだろう。

「違いますよ。相変わらず勝手な人だと思っただけです」

八雲はため息を吐きつつクイーンの駒を動かす。

「話を続けるぞ」

「どうぞ」

八雲は諦めて応じると、ビーカーの珈琲を飲んだ。

口の中にしょっぱい味が広がった。これまで味わったことのない飲み物だった。これは、本当に珈琲か？

「どうかしたのか？」

「いえ。こんな不味《まず》い飲み物初めてです」

「あっ！」

御子柴は、急に大きな声を上げて立ち上がる。

「何です？」

「しまった。すぐにそれを吐き出せ。そのビーカーは、塩化ナトリウムを入れていたものだ。死ぬぞ」

「道理で不味い訳です」

八雲が答えると、御子柴は大きく肩を落として盛大にため息を吐いた。

「塩化ナトリウムは、毒ではない。ただの塩だ……」

「そうですか」

「騙《だま》し甲斐のない奴だ。少しは動揺しろよ」

「動揺しても仕方ないでしょ。飲んでしまったんですから」

八雲が答えると、御子柴は不機嫌に椅子に座り直した。

「そういうところだ。お前は、そういうところが、全然ダメだ」

「以後、気を付けます」

せっかく騙そうとしたのに、まったく驚かなかったことが、お気に召さないようだ。悪いが、御子柴の遊びに付き合っているほど暇ではない。

「それで、本題は何ですか？」

八雲はビーカーをデスクの隅に置き、チェスの駒を動かしてから話の続きを促す。

「ぼくの担当しているゼミに、横澤という学生がいる。成績はすこぶる悪い。もう絶望的だ」

「成績って個人情報じゃないんですか？」

「アホらしい。成績を隠すことに何の意味がある。己の現状を正確に把握する為にも、成績はすべて開示すべきだと思うがね」

「絶望的に成績が悪いなどと言う先生のせいで、学生は傷付くんですよ」

「どうしてだ？　事実だろ」

反論したいことは色々とあるが、ここでそんなことを議論しても、何の役にも立たない。

「それで、その横澤という学生がどうしたんですか？」

「友人たちと一緒に、心霊現象を体験したらしい。しかし妙な話だ」

「何がです？」

「お前に超能力があるという噂を流したはずなのに、なぜかぼくのところに相談が持ち込まれてしまった。噂がどのように変化して、人に伝達されるのか、詳しく検証してみる必要がありそうだな」

「どうぞ。ご自由に――」

八雲はあくびを噛み殺しながら言った。

それは、そういうものだと割り切ってしまえばいいのに、御子柴はいちいち気になるらしい。

「お前に言われるまでもなく、自由にさせてもらう」

御子柴は誇らしげに胸を張る。

何をそんなに威張っているのかは不明だが、指摘するのも面倒だ。

「ぼくも、自由にさせてもらいます。ということで、その案件は引き受けませんので、ご承知置き下さい」

きっぱりと突っぱねたのだが、御子柴はそれを想定していたかのように、にやっと笑みを浮かべてみせる。

「だろうな。お前は九〇%以上の確率で拒絶すると思っていた」

「分かっていたなら、わざわざ話をしないで下さい」

「そういうところがお前の考えの甘さだ。ぼくは、お前が拒絶することを想定していた。それでも、この話を持ち出したということは――」

「交渉材料を既に準備している」

「正解だ」

御子柴がパチンと指を鳴らす。

「で、その交渉材料は何ですか？　どうせ、単位を人質にするつもりなんでしょ」

「それも一つの手ではある。しかし、それでは交渉とは言わない。ただの脅迫だ。ぼくも、一応、大学の准教授という立場上、そんな犯罪じみたことをするのはどうかと思う」

――よく言う。

前回の事件のとき、散々単位を盾に好き勝手話を進めたのは、御子柴自身のはずだ。

まあ、いくらここでぼやいたところで聞く耳は持たないだろう。

「単位でないなら、何を交渉材料にするんですか？」

「矢口《やぐち》君――」

御子柴が声を上げると、ドアが開いて一人の女性が部屋に入って来た。

前に足を運んだときにも来た、背の高い女性だ。

その女性は、どういう訳か冷蔵庫を抱えていた。小型のものではあるが、それでも相当な重量があるはずだ。

かなり細身であるのに、何処にそんな力があるのだろう。

「その辺に置いておいてくれ」

御子柴は、手伝うでもなく女性に指示する。

彼女は黙って八雲の前に冷蔵庫を無造作に置くと、軽く舌打ちをしてから部屋を出て行った。

冷蔵庫を運ばされたことに、腹を立てていたように見えるが、もっと別の感情が潜んでいる気がしてならなかった。

「今のは……」

「助手の矢口君だ。そんなことより、お前はコレが欲しくないか？」

「冷蔵庫――ですか？」

「そう。冷蔵庫だ。学生課の水川《みずかわ》君から譲り受けたんだ。秋に入ったとはいえ、そういう季節こそ、冷たい飲み物とか欲しいだろ。食品の保存にも最適だ」

「冷蔵庫が報酬ということですか？」

「その通り。件《くだん》の学生から依頼料を取るつもりなら、自由にやってくれて構わない。この冷蔵庫は、それとは別だ」

　御子柴の策略に嵌まったようで少々癪だが、報酬プラス冷蔵庫が手に入るというのは、非常に魅力的な話だ。

「分かりました。引き受けますよ」

「お前なら、そう言うと思った」

「それで、どんな心霊現象なんですか？」

「ぼくが説明するのは構わないが、正直、面倒臭い」

「はあ……」

「それで、改めてお前のところに相談しに行くように指示しておいた」

「そっちの方が、面倒ではないんですか？」

「どうしてだ？　ぼくは楽だ」

　御子柴はしれっと言う。

　そうだった。御子柴は、こういう人だった。あくまで基準は自分なのだ。だから、横澤という学生が二度手間になることは、一向に構わないというわけだ。

「かわいそうに」

　たらい回しされることになった横澤に、少しばかり同情する。

「まあ、そういう訳で、お前のところに行くように言ってある」

　本当は首を突っ込みたくないが、どうせ拒否したところで、御子柴はまた単位を人質にするに違いない。

「いつですか？」

「今日だ」

「今日？　また急ですね」

「そう。あと五分ほどで〈映画研究同好会〉の部屋に行くはずだ」

さも当然のように御子柴が言う。

本当に、この人はどうかしている。よくもまあ、こんなことを平然と言えるものだ。

「あと五分って……。そういうことは、早く言って下さい。悠長にチェスなんかしてる場合じゃないでしょ」

「大丈夫だ。もう終わる。チェックメイトだ――」

御子柴はクイーンの駒を動かし、嬉しそうににやりと笑ってみせた。

やはり根本がズレている。

2

八雲がB棟の裏手にあるプレハブ二階建ての建物に入ると、既に二人の男女が〈映画研究同好会〉のドアの前で、所在なげにうろうろしていた。

二人とも、これといった特徴がない。いかにも軽薄な大学生といった感じだ。

「あれ。もしかして、あなたが斉藤八雲君？」

女性の方が、鼻にかかった声を出しながら訊ねてきた。

「もしかしなくても、そうです」

「良かった。あのね。本当に大変なことになっていて……」

八雲は、一方的に喋り始める女性を制した。

「いきなり何ですか？　そもそも、あなたたちは誰なんですか？」

名乗りもせずに、ペラペラと喋り始めるとは、礼儀も何もあったものではない。

「ごめんなさい。私は、文学部二年の秋川花子《はなこ》です。山形県の出身で、オーケストラサークルに所属してます。趣味は……」

「名前だけでいいです」

八雲は手を翳《かざ》して、発言を遮った。

個人を特定する為の名前が知りたいだけだ。親しくなる気はさらさらないので、無駄な情報をペラペラと喋られても困る。

「おれは、横澤健一。理工学部の二年。秋川とはサークルの仲間だ」

横澤と名乗った男の方は、多少なりとも学習したらしく、自己紹介を最低限に留めた。ただ、何が気に食わないのか、ふて腐れている。

まあ、別にどうでもいい。

「あの――御子柴先生から、話を聞いてるよね？」

秋川が探るように訊ねてくる。

さっき御子柴から話は聞いた。秋川と横澤は、心霊現象の件で相談に来たのだろう。だが、素直にそうだと受け容れる気はさらさらない。

彼らからは報酬を頂くつもりだ。御子柴から話を聞いていたことにしてしまうと、それで押し切られる可能性がある。

「いえ。何も」

八雲が答えると、秋川と横澤は同時に「え？」と素っ頓狂な声を上げた。

「いやいや、そんなはずはない。話を聞いてるでしょ。心霊現象の件でさ……」

横澤は尚も話を続けようとする。

「知らないものは、知らないんです。迷惑なので、帰って下さい」

八雲は、ガリガリと寝グセだらけの頭を掻きながら、秋川と横澤の間を抜け、さっさとドアを開けて部屋の中に入った。

パタンとドアが閉まる。

椅子に腰掛けてため息を吐いた。

このまま、帰ってくれても八雲は一向に構わない。冷蔵庫と報酬は魅力的だが、無いなら無いでどうにかなる。

だが、二人がこのまま帰ることはないと踏んでいた。

案の定、十秒もしないうちに、ドアをノックする音がした。「どうぞ」と促すと、さっきの二人が部屋に入って来た。

「あの、改めて説明させて下さい。おれたち、心霊現象で困っていて。斉藤さんは超能力で心霊現象が解決できると聞きました」

横澤が、おずおずとした調子で話を始めた。

「超能力なんて使えませんよ」

八雲がきっぱりと言うと、二人は再び同時に「え？」と声を上げる。事前に練習でもしてきたのだろうか？

「ぼくは幽霊が見えるだけです。それは、体質であって超能力ではありません」

「そ、そうなんだ」

秋川が答える。

「見えるってことは、解決できるってことだよね」

横澤が身を乗り出すようにして口にする。

——こいつは頭が悪いのか？

「どうしてそうなるんです。見えるからといって、解決できるとは限りません」

「え？　でも、だって……」

「あなたは走れますか？」

八雲が訊ねると、横澤は「へ？」と妙な声を上げながら首を傾げた。

「走れるか、走れないか——答えて下さい」

「そりゃ走れるよ」

「では、マラソン大会で優勝できますね」

「どうしてそうなる？　走れるからって、優勝できたら苦労はしないよ。参加するメンバーにもよるし、距離にもよるし……」

　言いながら、横澤は自分の発言の愚かさに気付いたらしく、次第に声が小さくなっていった。

　幽霊が見えるというだけで、心霊現象が解決できたら苦労しない。この辺のことを勘違いしている輩《やから》が、あまりに多すぎる。

「分かって頂ければいいんです。解決できるか否かは、その内容によりますし、やってみなければ分からないです」

「実は、この前……」

　秋川が話を始めたが、八雲はそれを制した。

「待って下さい。そもそも、誰が話を聞くと言ったんですか？」

「え？」

「ぼくとあなた方は、友だちでも知人でもありませんよね？」

「そ、そうだけど……」

「あなた方の依頼を受けることに、ぼくは危険を冒すだけで何のメリットもない。何かして欲しいなら、それ相応の見返りが必要ではありませんか？」

「いや、でも、御子柴先生が……」

「御子柴先生が、ぼくのところに相談を持ち込めば、無償で心霊事件を解決してくれる——と言ったんですか？」

「いえ。それは……」

「ですよね。だとしたら、ここで御子柴先生は関係ありません。仮に御子柴先生が、そう言っていたとしても、ぼくは断ります」

「ちょー性格悪《わり》ぃ」

横澤がぼそっと口にした。

こいつらは、自分たちの横暴を棚に上げて何を言っているんだ。赤の他人の為に、無償で何かやらせる方が、余程性格が悪い。

「そう思うなら、さっさと帰って下さい。ぼくは初対面の人間の為に、何の対価もなく、危険を冒して労働するほど人間ができていませんから」

八雲が告げると、二人とも押し黙った。

さっきから、非常に不愉快だ。正直、このまま帰って欲しい。価値観があまりに違い過ぎる。こんな連中の相手をするのは、金輪際願い下げだ。

「もういい。帰ろうぜ」

やがて、横澤が秋川を促して部屋を出て行こうとする。だが、秋川の方は動こうとしない。

「私たちの認識が甘かったです。ごめんなさい」

秋川は、丁寧に頭を下げた。

「何で、こんな奴に謝るんだよ」

「だって、斉藤さんの言う通りでしょ。初対面な上に、何の対価もなく、心霊現象を解決しろなんて、どう考えても横暴だったわ」

秋川は、自分たちの間違いを素直に受け容れたらしい。横澤の方は、どうしても納得いかないという顔をしている。

「いや、別にいいじゃん。ちょっとくらい」

「もし横澤が、街で知らない人に、いきなり仕事やれって言われたらどう？」

「…………」

「しかも無償で」

「それとこれとは別だろ」

「一緒だよ」

「一緒じゃねぇし。ってか、大学の後輩なんだから、先輩の言うこと聞けって話だよ」

横澤の発言に、八雲は深いため息を吐いた。

たった一年早く大学に入っただけの相手に、どうして下僕のように振る舞う必要がある。正直、アホ臭くて聞いていられない。

「その理論が通るなら、ぼくにお金を貸して下さい」

「は？　何で貸さなきゃならないんだよ」

「ぼくは、あなたの後輩です。困っている後輩がいたら、助けるのが先輩の務めですよね？」

八雲が口にすると、横澤はうっと言葉を詰まらせた。

「お前さ。無茶苦茶なことばっか言ってんなよ。うちの親は弁護士なんだぞ」

——こいつバカなのか？

今どき親の職業を引き合いに出して、マウンティングしてくるような輩がいるとは思わなかった。

「横澤は、そんなことばっかり言ってるから、晴香《はるか》ちゃんにフラれるんだよ」

八雲が反論を口にするより先に、秋川がため息交じりに言った。

——晴香って誰？

「は？　フ、フラれてねぇし」

「へぇ。連絡先聞いたのに、思いっきり拒否られてたじゃん」

「違うよ。晴香ちゃんは、携帯持ってないだけだって」

「うける。そんなわけないじゃん。私、晴香ちゃんの連絡先知ってるし」

「嘘だろ。晴香ちゃんは嘘とか吐かねぇよ」

「どんだけ頭がお花畑なのよ」

横澤と秋川のやり取りがアホらしくて、八雲は堪えきれずに思わず笑ってしまった。

笑われたことで、横澤が我に返る。

自分の失恋の話を持ち出されたことで、ばつが悪くなったのか、横澤は舌打ちをして部屋を出て行ってしまった。

「お見苦しいところを見せてしまって、申し訳ありません」

ドアが閉まるのを見届けてから、秋川が改めて頭を下げた。

「いえ」

「横澤って、本当に空気読めないっていうか、自分勝手で。あんなだから、サークルとかでも結構、避けている人が多くて……。晴香ちゃんにも、いいとこ見せようとして、偉そうにしてるんですけど、それが逆効果というか……まあ、それが無かったとしても、あの子はガード堅いし無理なんですけどね」

「その晴香という女性は、今回の心霊現象に関係あるんですか？」

「いえ。ありません」

秋川が慌てて首を左右に振る。

感情的になったせいで、余計なことを喋り過ぎたことに気付いたようだ。どうせ、この先に会うことのない女性の印象を延々と聞かされても何の意味もない。

「話を戻します。先ほども言いましたが、心霊現象を解決する為に、相応の対価は頂きたい。もちろん、成功報酬ということで構いませんが、実費もかかるので、前金で幾らか頂けるとありがたいです」

八雲が告げると、秋川は素直に「はい」と応じた。

「ただ、その……幾らなんでしょうか？　学生なので、そんなに大金は……」

秋川が口籠もりながら言う。

まあ、それはそうだろう。八雲としても、いきなり法外な金額を請求するつもりはない。そうなると、いったい幾ら請求するのが妥当なのか迷うところだ。

「そうですね……三万円でどうでしょう」

値段設定に根拠はない。ただ、何となく浮かんだ数字だ。だが、秋川は妥当だと感じたらしく、「それでしたら何とか」と承諾した。

3

「では、何があったのか教えて頂けますか？」

金額交渉が成立したところで、八雲はそう切り出した。

向かいの席に座った秋川は「はい」と頷き、喉を鳴らして唾を飲み込んでから話を始めた。

「先日、さっきの横澤たちと、肝試しをしようということになったの」

「肝試しねぇ……」

八雲はガリガリと寝グセだらけの頭を掻いた。

面白半分に肝試しをする連中の思考が、八雲にはまるで理解できない。実に子どもじみた行動だと思う。

「私は、あまり乗り気じゃなかったんだけど、その場のノリというか……」

「ノリ？」

「私たちは、オーケストラサークルなので、夏のコンクールがあるから練習ばかりで、全然遊べてなかったの。それで、コンクールも終わったし、少しは夏らしいことしようってことになって」

　言い訳がましく言ったあと、秋川は僅かに俯《うつむ》いた。

　全然遊べていなかったから羽目を外したいというのは分かるが、そこで肝試しを選択する神経を疑う。

「それで――」

「はい。大学の南側に古い神社があるのは知ってますか？」

「神社？」

　そんなものあっただろうか？　南側はほとんど足を運ばないので分からない。

「はい。白山《はくざん》神社というところで、凄く小さくて、廃墟になっていて。昔から、幽霊が出るという噂があるの。以前にも、そこに肝試しに行った学生が行方不明になったとか……」

「それは本当ですか？」

「え？」

「行方不明になった学生がいるというのは、本当なのかと聞いているんです」

「多分、本当だと思う。三年の先輩が、友だちから聞いた話だって言ってたし……」

　――呆れてものが言えない。

三年の先輩が言ったからといって、それを鵜呑みにしているとは、本当にお目出度《めでた》いとしか言いようがない。

自分で確かめようともせず、話を広めるから、噂はどんどん歪曲《わいきょく》して真実が見えなくなる。結果、都市伝説が生まれてしまうのだ。

まあ、それを秋川に言ったところで始まらない。とにかく、話を進めた方が良さそうだ。

「その場所には、何人で行ったんですか？」

「全部で四人です。私と横澤。それから、川端君と白井さん。全員、サークルのメンバーです。本当は、晴香ちゃんともう一人、松永さんも誘ったんです。でも、晴香ちゃんには断られて、松永さんも、身内に不幸があって帰省しなきゃならなくなって……」

「四人で集合して、神社に向かったんですか？」

「あ、いえ。私と横澤と川端君は、駅で待ち合わせだったんだけど、白井さんは、家が神社から近かったので、現地で合流したんです」

「そうですか」

「川端君は、白井さん狙いだったから、もの凄《すご》くテンション上がっちゃって。これで願いが叶うって……。でも、まさかあんなことになるとは……」

秋川は、そこまで言って言葉を切った。

唇が微かに震えている。そのときの恐怖を思い出したのだろう。

「神社で何があったんです？」

「木が鬱蒼と茂っていて、その場所だけ、ぽっかりと穴が空いたように暗かったんです。鳥居も塗装が剝げていて、少し傾いているみたいだった」

「夜の神社なんて、何処もそんなものでしょ」

「違う」

秋川が強く否定した。

「何が違うんです？」

「言葉では、上手く言い表せないんだけど、何か、どんよりしているっていうか、明らかに他と空気が違うの。そこにいるだけで、何だか嫌な感じがして。頭が痛くなって、吐きそうな感じもして、とにかく普通じゃなかった。明らかに、あの場所はおかしい……」

秋川は必死に訴えるが、思い込みである可能性が高い。

そこが心霊スポットであるという事前情報に影響され、何もないのに身体に変調を来《きた》すということはよくある。

薬だと信じ込むことで、偽薬を処方されたのに、思い込みから症状の改善や副作用などが起こるプラシーボ効果と似たようなものだ。

ただ、現時点で決めつけるのはよくない。判断するのは、話を全て聞いてからだ。

「おかしいと感じたのに、引き返さなかったんですか？」

「そうしたかったんだけど、川端君が凄く乗り気になっちゃって、引き返せない空気になったというか。それで、二人一組で社に行こうってことになったの」

「なるほど」

意中の女性と二人きりになれるチャンスということもあり、川端が舞い上がってしまったといったところだろう。

八雲からしてみれば、好意を寄せる女性と肝試しをするなんて、正気の沙汰とは思えないが、人それぞれ考えがあるのだろう。

「私は横澤と。川端君は、白井さんとって組み合わせになって……」

秋川は、下唇を噛んで再び俯いた。

「どちらの組が先に行ったんですか?」

「川端君と白井さんです」

「それで」

「二人で石段を上って行ったんだけど、なかなか帰ってこなくて。もしかしたら、何かあったのかもって思っていたら、急に社の方から悲鳴が——」

「悲鳴?」

八雲が問うと、秋川はこくりと頷いた。

「凄く怖かったけど、ただ事じゃないって、横澤と二人で石段を走って上って行ったの。途中で目眩がしたけど、何とか階段を上り切ったの。そしたら、川端君が一人神社の社の前で、真っ青な顔をして尻餅をついていたんです」

「白井という女性は、どうしたんですか?」

「それが――」

秋川の呼吸が荒くなる。

声を出そうとしているが、出て来ないといった感じだ。みるみる顔色が青ざめ、手足が震え始めた。

――マズいな。

「秋川さん。ぼくを見て、一旦息を止めて下さい」

八雲は立ち上がりながら秋川に訴えかける。

秋川は、目が泳いでいたが、それでも何度か頷き息を止める。

「落ち着いて。ぼくに合わせて、息を吐いて下さい」

八雲は、ふうっと音を立てながらゆっくりと息を吐き出してみせる。秋川もそれに倣《なら》う。

「大丈夫です。ここに幽霊はいません。もしいれば、ぼくが気付きますから」

そう呼びかけつつ、吐くと吸うを二対一の割合でゆっくりとした呼吸を促していく。

おそらく、秋川はそのときの恐怖を鮮明に思い出し、過度のストレスから過呼吸を起こしたといったところだ。

たっぷり十分かけて、何とか秋川を落ち着かせることができた。顔色もだいぶマシになった。

このまま質問を続けてもいいが、またぶり返したら厄介だ。

日を改めることを考えていたのだが、秋川は拳《こぶし》を固く握ってから話を再開した。

「白井さんが消えたの——」

「消えた？」

「川端君が、そう言っていたの。ついさっきまで一緒にいたはずなのに、急に消えてしまったって……」

「先に帰っただけじゃないんですか？」

「違う！　だって、神社に通じるのは、あの石段だけだし、社の先は行き止まりなの。先に帰ったんだとしたら、私たちとすれ違ったはずでしょ」

「まあ、そうかもしれませんね」

「その後、皆で白井さんを捜したのに、全然見つからなくて……だけど、社の下に何か見えた気がしたの。それで覗いてみたら、携帯電話が落ちていたんです。白井さんの……」

　秋川の呼吸が再び怪しくなる。

「落ち着いて下さい。ゆっくり呼吸して」

　秋川は、胸を手で押さえるようにして、ゆっくり深呼吸しながらも話を続ける。

「それだけじゃないんです。社の下から、何かが私を見ていたの」

「何か——とは？」

「分からない。多分、あれは目だったと思う。人間の目——。私、怖くて逃げようとしたんだけど、そしたらぬっと手が出てきて足を摑まれて……」

「それは、白井という人だったのでは？　あなたたちを驚かせる為に、社の下に隠れていたとか」

「そんなはずない！」

秋川が叫んだ。

その目には、涙が浮かんでいた。

かなりの興奮状態にある。だが、こちらがそれに呑まれてはいけない。

「そこまで否定する理由は何ですか？」

八雲は意識して、かなりゆったりとした口調で訊ねた。

「横澤と川端君が社の下を確認したけど、誰もいなかったの」

「なるほど」

「白井さんは、今も見つかっていないんです。携帯電話だけ残して、消えてしまったの。きっと、社の下にいたのは、あの神社の神主の怨霊なのよ。白井さんは呪われたんだわ。きっと次は、私たちなの……」

秋川は吐き出すように言うと、そのまま泣き崩れてしまった。

この状態では、これ以上、話を聞き出すのは難しそうだ。秋川からは、また改めて話を聞くとして、それまでに色々と確認しておく必要がありそうだ。

4

〈誰だ？〉

携帯電話の受話口から、不機嫌さを露わにした声が聞こえてきた。

「電話の応対を改めて下さい」

八雲はため息交じりに口にした。

〈うるせぇ！　そんな面倒臭いことしてられるか！〉

電話の相手――後藤和利《ごとうかずとし》ががなり立てる。

こうも直情的な性格で、よく捜査一課の刑事が務まるものだ。警察は余程の人手不足だと見える。

「デカい声を出さないで下さい」

〈お前が出させたんだろうが〉

「図体はデカい癖に、ずいぶんと器の小さい男ですね」

〈てめぇ！　もう一回言ってみろ！〉

「嫌ですよ。面倒臭い」

〈何？　だいたいお前は……〉

後藤が、また叫び出したので、八雲は携帯電話をテーブルの上に置き、放置することにした。

後藤の叫びを聞くほど不毛な時間はない。

しばらくそうしていると、受話口から後藤の声が聞こえなくなった。どうやら、怒りが治まったようだ。

「終わったみたいですね」

携帯電話を取り上げて言うと、後藤が深いため息を吐いた。ようやく、怒るだけ無駄だということを理解してくれたようだ。

〈で、何の用だ？〉

「うちの大学の白井という女子学生が行方不明になっているそうです。白山神社というところに、肝試しに行ったのですが、その最中に姿を消したとか。警察にも相談が行っているはずです」

〈よりにもよって、白山神社とはな……〉

後藤のこの反応。件の神社について何か知っているようだ。

「問題のある神社なんですか？」

〈ああ。あそこにカップルで肝試しに行くと、結ばれるとかいう噂があってな。遊び半分で行った連中が、ときどき問題を起こすんだ〉

――そういうことか。

だから、秋川たちは肝試しの場所として白山神社を選んだのだろう。肝試しがしたかったのではなく、意中の相手との縁結びを求めていた訳だ。

「その神社が廃墟になった経緯についても、調べておいて下さい」

〈俺は、お前の執事か何かか？〉

「何を言っているんですか。それは流石《さすが》に失礼ですよ」

〈だったら、もっと頼み方があんだろ〉

「は？　何を勘違いしているんですか。後藤さんが執事なんて、執事に対して失礼です。あなたは下僕ですよ」

〈てめぇ！〉

「じゃあ、お願いしますね」

　八雲は一方的に告げると、電話を切った。

　怒り狂ってはいるが、やることはやってくれるだろう。それが、後藤の唯一の長所でもある。

　とにかく、消えた白井の件は後藤に任せるとして、もう少し情報を集める必要がある。立ち上がったところでドアが開き、御子柴が部屋に入って来た。

「話は終わったようだな」

　御子柴は、白衣のポケットに両手を突っ込み、口の中で棒付きの飴を転がしながら言う。

「ええ」

「じゃあ、話を整理しようじゃないか」

　御子柴は八雲の向かいの椅子に腰を下ろした。

　出かけようと思っていたところだったのだが、御子柴が相手だと、こちらが合わせるしかない。

「何を整理するんです？」

八雲は、椅子に座り直しながら問う。

「そうだな。まずは論点を明確にしておこう」

御子柴は、白衣のポケットからマーカーを取り出し、辺りをキョロキョロする。いくら捜しても、この部屋の中にホワイトボードはない。

てっきり諦めると思っていたのだが、御子柴はテーブルの上に文字を書き始めた。

もはや止める気も起きない。そもそも、止めたところで素直に聞く人ではない。よく分からない理論を盾に強引に押し切るに決まっている。

① 肝試しに参加したメンバーに起こった体調の異変
② 肝試し中に女子学生が失踪
③ 社で何かに遭遇

「今回の件は、大きく分類すると、この三つの現象からなるということで相違ないな」

御子柴が、テーブルの上にマーカーを転がす。

この三つだけなら、わざわざ書かなくても、口頭で説明してくれればいいものを。不満はあったが、御子柴からの反論を聞くより、あとでマーカーを消す方がマシだと判断し、「はい」と応じるに留めた。

「お前の見解を聞かせてもらおう」

「現状では判断できません」

「どうして？」

「どうしても何も、これら全ての事象は、秋川さんの主観による証言だけで、客観的な情報が欠落しています」

「まあ、そうだな。だが、これらが心霊現象によるものなのか、そうでないのかくらいは、目星を付けているんじゃないのか？」

「いいえ。ぼくも、前回の事件で学びましたから、その特定は避けるべきです」

御子柴と一緒に関わった事件において、八雲は心霊現象を前提にして動いた為に、幾つかの判断ミスをした。

バイアスをかけることなく、全ての事象において、あらゆる可能性を視野に入れて検証すべきだ。

「なるほど。少しはマシになったな」

御子柴が、棒付き飴を口の中から取り出して八雲の眼前に突きつけた。

「お陰様で」

「では、質問を変えよう。これらの現象は、幽霊によってもたらされることはあるのか？」

御子柴がマーカーでトントンとテーブルを叩く。

「そうですね。あくまで、ぼくの経験上なので確証はありませんが、それで良ければ」

「構わない」

「①と③は心霊現象で説明することはできます。②については、条件付きということであれば、可能といったところです」

「詳しく説明しろ」

御子柴が、棒付き飴を再び口の中に放り込む。

「①については、幽霊の存在が近くにあったとき、姿は見えなくても、身体的な異変を来すことがあります。但し、その原理は科学的に証明されている訳ではありませんから、一概には言えません。それに、体調の変化は幽霊によってだけもたらされるものではないので、別の原因も視野に入れなければなりません」

「ふむ。前にも増して慎重になったな」

——あなたのせいですよ！

「③については、幽霊を見たということも考えられますが、状況からして、目撃者の秋川さんは、その場所に幽霊がいるかもしれないという先入観に囚われていた。別のものを、幽霊だと誤認した可能性は捨てきれません」

「②について条件付きにした理由は何だ？」

「前にも話した通り、ぼくの経験則からくる定義では、幽霊は物理的な影響力を持ちません。即ち、物理的に人間の存在を消すことは不可能です」

「条件付きにしたのは、お前の定義が間違っていて、幽霊が人を消したかもしれない——ということか？」

　——この人は、分かっていてこういう質問をしている。

「違います。憑依《ひょうい》現象という可能性があります」

「憑依現象？」

「ええ。件の女子学生が、幽霊に憑依され、それに操られる形で神社から姿を消した——」

「なるほど。それで条件付きというわけか」

「はい。ただし、他にも可能性はあります。例えば、女子学生が、自分の意思で失踪しているとか、一緒にいた男子学生が、彼女を拉致した——とか」

「しかし、証言によれば、神社に通じる道は石段しかなかった。何《いず》れの場合であっても、その姿が目撃されていないというのは、不自然ではないのか？」

　御子柴の主張はもっともだ。

　憑依であったとしても、自分の意思であったとしても、はたまた拉致であったとしても、誰にも気付かれずに現場から姿を消したというのは、どうにも引っかかる。

「それに関しては、現場を見ていないので、何とも言えません」

　本当に一本道だったのか？　仮にそうだとしても、周囲に人が歩けるような場所があれば、いくらでも姿を消すことはできる。

　その辺は、自分の目で確認してみないことには判断ができない。

「となると、やることは三つだな」

①　事実関係の確認
②　現場検証
③　肝試し参加者への聴取

御子柴がマーカーでテーブルに書き記した。

――いちいち書くな！

たった三つなら書かなくても覚えられるのに、どうしてわざわざ書くのかが分からない。後で消すのが大変だ。

「で、何からやる？」

御子柴が、棒付き飴を口の中で転がす。

「事実関係の確認は、既に警察に依頼してあります」

「この前いた、熊みたいな野暮ったい刑事か？」

「ええ。名前もそのまま熊吉《くまきち》です。名は体を表すという奴ですね」

嘘の名前を教えておいた。

「縄で鯛を焼くとどうなるんだ？」

御子柴が首を傾げる。

「この程度の諺も知らないんですか？」

「知ってるもん！」

御子柴が腕組みをしてそっぽを向いてしまう。

そのあまりに子どもじみた態度に、八雲は思わず笑ってしまった。何だか勝った気がする。

「それで、どうして、警察の人間が民間人である大学生に、ほいほい捜査情報を提供しているんだ？」

御子柴は、不機嫌そうに顔を逸らしたまま話を再開する。

「色々とあるんですよ」

「ぼくは、その色々を訊いているんだ」

「長くなりますけど、いいですか？」

八雲と後藤との関係を語る為には、七歳のときまで遡らなければならない。端的に説明することができなくもないが、それだと「色々」とたいして変わらない。

「嫌だ。三秒で纏めろ」

自分はよく分からない理論を、延々と喋る癖に、無茶苦茶な言い分だ。

「色々あったんです」

「だから、それじゃ分からん」

「三秒で纏めると、こうなるんですよ」

不満そうにしていた御子柴だったが、自分が言い出した手前、それ以上の追及を諦めたらしい。

「まあいい。事実関係の確認は警察に任せるとして、次は現場検証といったところか」

「その前に、参加者への聴取をしておきたいです」

「どうしてだ？」

「現状、一人の話しか聞いていません。それだと先入観が生まれてしまいます」

「なるほど――ん？　横澤はどうした？」

御子柴が首を傾げる。

「喧嘩して、帰ってしまいました」

「ふむ。ぼくは、横澤から話を聞いているから、それをお前に伝えれば、こと足りるな」

御子柴なら、歪曲したり、誤認した情報を伝えることはないだろう。

御子柴が横澤から聞いたという話は、秋川のそれと大差はなかった。

神社の前で身体に変調を来し、川端と白井が先に石段を上り、川端の悲鳴を聞いて駆けつけた。

横澤たちが社の前に到着したときには、白井の姿はなく、携帯電話だけが残されていた。

ただ、一つだけ大きな違いがあった。横澤は、社の下にいたという何か――の姿を見ていない。

「ありがとうございます。だいたい分かりました。では、現場にいたもう一人から話を聞くことにしましょう」

八雲はそう言って席を立った。

「誰なのか分かっているのか？」

「ええ。秋川さんから情報は得ています」

「よし。では、行くとするか」

御子柴が大きく伸びをしながら立ち上がると、何故かサングラスをかけた。

「一応、訊いておきたいんですが、一緒に行くつもりですか？」

「当然だ。そうしないと検証にならないだろ」

——やっぱりそうか。

できれば一人で行きたい。御子柴が一緒だと、色々と話が拗《こじ》れそうだ。ただ、それを伝えたところで、大人しく退き下がるような人ではない。

八雲は、仕方なく御子柴と共に部屋を後にした。

5

肝試しに行ったもう一人、川端は大学の寮に住んでいた。

隣接していたお陰で、移動がすこぶる楽だった。御子柴の「歩きたくない」という我《わ》儘《まま》も聞かずに済む。

入り口まで来たところで、大学生らしき男性が歩いて来た。川端のことを訊ねようと声をかけたが、無視されてしまった。

仕方なく、寮の管理人に声をかけ、来意を伝えた上で川端を呼び出してもらうことになった。

御子柴と指示された食堂で待っていると、川端が姿を現した。酷い顔色だった。蒼白とはまさにこのことだ。髪はぼさぼさで、無精髭も生えている。まあ、寝グセは他人のことは言えないが……。

心霊現象を体験して以来、ろくに眠れていないだろうことが推察できた。

「さっき、秋川からも電話がありました。助けてくれるってのは、本当ですか？」

川端は今にも泣き出しそうな顔で訊ねてくる。

秋川から事前に連絡がいっていたようだ。話が早くて助かるが、変に期待され過ぎているような気もする。

だが、それは好都合でもある。

「助けろと言われても困ります。ぼくが、秋川さんから頼まれたのは、行方不明になった白井さんの行方を突き止めることで、あなたを助けることではありません」

「そ、そんな……話が違う」

川端の声は、情けなく震えていた。

「違いませんよ。ぼくは、頼まれたことについては善処します。もし、助けて欲しいというなら、それはまあ、別料金ということになります」

八雲が告げると、川端は「払う。払うから助けてくれ」と身を乗り出し、八雲の両肩を摑んで来る。

「分かりましたから、落ち着いて下さい」

そう言いながら、川端の手を引き剝がす。

「お前は、本当にがめついな」

御子柴がぼそりと言った。

「何のことです？」

惚《とぼ》けてみたが、本当は分かっている。秋川と川端の二人から依頼料をせしめようとしているのだから、がめついと言われても仕方ない。

まあ、それを分かっていて止めようとしない御子柴もどうかと思うが……。

「その貪欲さを、学問にも活かして欲しいものだな」

「善処します」

御子柴を適当にあしらったところで、改めて川端と向かい合った。

「あなたを助ける為にも、まずは何があったのかを教えて頂けますか？」

川端は、こくこくと何度も頷いてから話を始める。

「あの日——肝試しに行こうってことになったんです。それで、横澤と秋川と神社に向かっていたんです」

「肝試しなら、他にも場所があったはずですよね。どうして白山神社だったんですか？」

「あの神社が有名だったから……」

川端はもぞもぞとした調子で答えると、テーブルの上に視線を落とした。

「本当にそれだけですか？」

八雲は間髪入れずに念押しする。

「いや、本当に……」

「正直に話した方がいいです。肝試し以外に、何か理由があったのではありませんか？　例えば、あの場所に肝試しに行ったカップルは結ばれる──とか」

八雲が告げると、川端の顔が目に見えて強張《こわば》った。

頬の筋肉をひくひくと痙攣《けいれん》させていた川端だったが、やがて諦めたように「は、はい……」と掠《かす》れた声で頷いた。

「実は、その……。あの神社に想いを寄せる異性と一緒に足を運んで名前を書いて、おみくじ掛けに結びつけておくと、必ず成就するって伝説があって……それで……」

やはりそうだった。彼らは、それぞれ意中の相手がいて、想いを成就させる為に都市伝説にすがったといったところなのだろう。

「縁結びなら他の神社に行けばいいだろ」

口を挟んだのは御子柴だった。

まあ、普通に考えればそうだ。どうせ願懸けをするなら、廃墟になっていない神社に参拝すればいい。

「そ、そうかもしれませんけど……でも、それだと効果がないような気がして……。白井さんのこと好きだったけど、彼女には彼氏がいて……だから、白山神社の縁結びの力にすがりたかったんだ……」

そういう心理が働くのは、分からないでもない。

特別な何かにすがりたかったのだろう。だが、そんな方法で手に入れた恋愛に、いったい何の意味があるのだろう。

「仮にその噂が真実だったとしたら、それは縁結びではありません」

八雲が言うと、川端が「え？」と顔を上げた。

「呪い——ですよ」

そう言い放った途端、川端の顔から血の気がどんどん失せていく。

今さらながら恐怖を感じているのだろう。本人の意思と関係なく、その心を縛ろうとするなんて、傲慢もいいところだ。

「ふむ。数が合わないな」

御子柴が腕組みをして唸るように言う。

「数が合わないとは？」

八雲が問うと、御子柴は白衣のポケットからマーカーを取り出した。また、テーブルの上に何か書くつもりのようだ。

まあ、掃除するのは八雲ではないので好きにすればいい。

「いいか。これまでに聞いた人間関係を整理すると、こういうことになる——」

御子柴はマーカーを走らせ、人物相関図をそこに記載する。

肝試しのメンバー

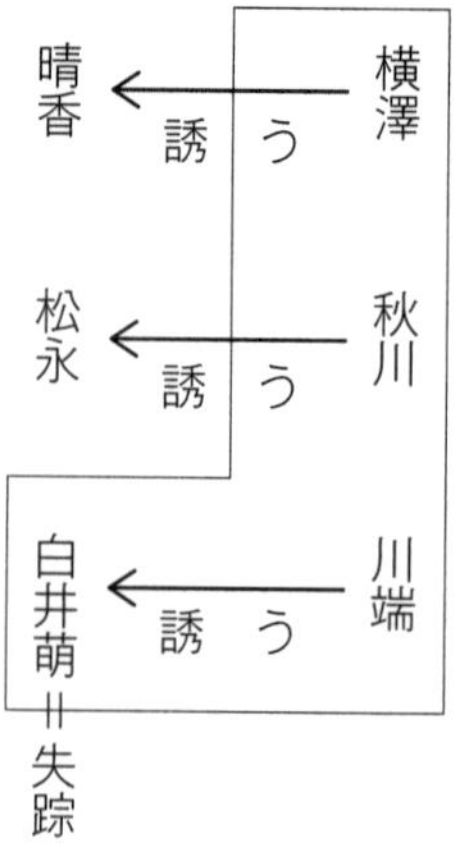

「そうですね」

「晴香という人物には断られた。それから、松永も身内の不幸で不参加が決まった」

御子柴は、晴香と松永の名前に×印を付ける。

「ええ」

「ゲーム理論において、人は自分にもっとも利得のある選択をするという原則がある。それを当て嵌めると、晴香と松永の不参加が決まった段階で、横澤と秋川が肝試しに参加する利得がなくなるんだ」

「確かに――」

「それと、白井は恋人がいた。にもかかわらず参加を表明した理由は何だ？　そこにどんな利得があった？」

御子柴は、マーカーで白井の名前をトントンと叩く。

――だから数が合わないと言ったのか。

御子柴の言うように、ゲーム理論に当て嵌めれば、利得を得られない横澤と秋川は不参加という選択をするのが普通だ。そうなると、ゲームの参加人数は二人だったはずだ。いや、白井にも現状では参加の理由がない。

こうやって改めて見ると、なぜ四人の組み合わせが成立したのかというのは、確かに疑問だ。

「横澤は、断られてるのにしつこく晴香ちゃんを誘ってて、当日に気が変わって来るって言い張ってたんだ」

川端がもそもそとした調子で答える。

「秋川さんは？」

横澤は、晴香という女性が、来るかもしれないという可能性に懸けていたということだろう。だが、そうなると、余計に秋川が参加した理由が分からない。

「秋川は付き合いがいいっていうか……」

川端の表情が明らかに歪んだ。

それを見て、八雲は得心した。そういうことか――と納得する。

「秋川さんが誘っていた松永さんというのは、川端さんが誘っていた白井さんの彼氏なんですね」

川端は何も答えずにただ俯いた。図星だったようだ。

「なるほど。こことここが恋人だったという訳か」

御子柴が白井と松永を繋ぐ線を書きながら声を上げた。

川端と秋川は、肝試しを使って、松永と白井の関係を破綻《はたん》させようと目論《もくろ》んでいたということだ。

だから、松永の不参加が決まった後も、秋川は現場に足を運んだ。三人だけということになると、白井が拒否する可能性もあった。秋川が参加することで、グループという体裁を取ることができる。

そして、川端と白井の二人をくっつけてしまえば、結果的に自分と松永が結びつく可能性が生まれると考えた。

何れにしても、これで御子柴が気にしていた、四人の人間が集まった理由が分かった。

「それで、四人が合流したあとは、どうしたんですか？」

八雲は話を本筋に戻す。

「おれと白井さんが、一緒に神社の社に行くことになったんだ。携帯電話のライトを頼りに、鳥居を潜《くぐ》って行ったんだけど、白井さんの様子がおかしくて……」

「具体的にお願いします」

「ひと言も喋らなくて、ただ黙って歩いているだけでした。話しかけたりもしたんだけど、無視されちゃって……」

「嫌がられていたのでは？」

「そうかもしれないです。松永さんが急に来れなくなったから、機嫌が悪かったのかも」

「それから、どうしたのですか？」

「一緒に社まで行って、名前を書いた紙をおみくじ掛けに結びつけることにしました。そしたら……」

川端がゴクリと喉を鳴らして唾を呑み込む。

額に汗が浮かび、みるみる血の気が失せていく。そのまま卒倒してしまいそうだったが、ここで止められては困る。

重要なのは、この先なのだ。

「それで？」

「ひ、悲鳴が聞こえたんだ」

「悲鳴――ですか」

「慌てて振り返ったら、彼女が――白井さんが、いなくなっていたんだ。最初は、おれを怖がらせようとして、何処かに隠れているんだと思ったけど、いつまで経っても出て来なくて。おかしいと思って、必死に辺りを捜したんだ。そしたら……」

川端はまくしたてるように喋ると、途中で言葉を切って遠くを見るように目を細めた。

長い沈黙が流れる。

「何かを見たんですね？」

八雲が先を促すと、川端はビクッと肩を震わせたあと、顎を引いて頷いた。

「社のすぐ脇に、女が立っていたんだ。俯いていて、顔はよく見えなかったけど、もの凄く不気味な感じだった」

「それが、白井さんではないんですか？」

周囲は暗かっただろうから、見間違えたということは充分に考えられる。

「ち、違う。あれは、絶対に違う。だって、目の前で消えたんだ。あれは、間違いなく幽霊だった……」

川端はほとんど叫ぶように言った。

「その後は、どうしたんですか？」

「おれ、叫んじゃって……そしたら、横澤と秋川が来てくれたんだ。白井さんがいなくなったことを説明して、一緒に神社を捜すことにしたんだ」

「白井さんは見つかりましたか？」

川端が首を振る。

「何処にもいなくて、ただ携帯電話だけが落ちていて……そのうち、社の下を覗き込んだ秋川が悲鳴を上げたんだ。縁の下に幽霊がいて、足を引っ張られたって。多分、白井さんも、そんな風にして引き摺り込まれたんだ。おれたちが、呪いを利用しようとしたりしたから、神様の怒りを買ったんだ……」

川端が両手で顔を覆った。何度もしゃくり上げ、泣いているようだった。

これで色々と合点がいった。川端と秋川は、自分たちの邪《よこしま》な考えが、今回の事態を招いたと考えている。だから、必要以上に怯えているのだ。他方の横澤に関しては、意中の相手が現場に来なかったことで、自分は関係ないと何処か傍観している。

だから、八雲のところに説明に来たとき、秋川と喧嘩をして帰りもしたのだろう。

「川端さん。もう一つ訊いてもよろしいですか？」

八雲が問うと、川端が涙と鼻水でぐしゃぐしゃになった顔を上げた。

「………」

「神社から戻ってからも、何かが起きていますね」

敢えて断定的な言い方をした。

根拠はある。これまでの川端の怯え方は、尋常ではない。その上、何かを探すように、しきりに辺りを見回している。

それに、会って最初に、「助けてくれ」と訴えていた。あれは、現在進行形で何かが起きている証拠だ。

多分、川端は神社の一件以降、かなりの頻度で幽霊を見ているに違いない。

案の定、川端は「はい」と頷いた。

「あれから、ずっと誰かに見られている気がして……」

「錯覚ということは？」

「違います。姿を見たこともあります。夜、寝ようとしているときとか、風呂に入っているときとか、黒い影がおれの傍《かたわ》らに立っているんです……」

川端はガチガチと歯を鳴らす。

「神社から、幽霊を連れて来てしまったのかもしれませんね……」

「や、やっぱりそうなんですか？」

「いえ。かもしれない——という推測です」

八雲は、それとなく周囲に視線を走らせるが、それらしき姿は見当たらない。

「いるのか？」

御子柴が小声で訊ねてきた。

「少なくとも、今は何も見えません」

八雲が答えると、御子柴は「つまらんな」と退屈そうに呟く。

御子柴は、どうしてこうも幽霊を見つけたがっているのだろう？　今さらのように気になったが、訊ねると話が長くなりそうなので止《や》めた。

「その幽霊は、何か言っていましたか？」

八雲は、落ち着きなく辺りを見回している川端に訊ねた。

「お前が殺した——繰り返し、そう言ってくるんです」

川端が再び泣き出してしまった。

——お前が殺した？

それはいったいどういう意味だろう。言葉通りに捉えるのだとすると、川端が誰かを殺したことになる。

だが、だとしたら、川端のこの怯え方は普通じゃない。

——囚われるな。

川端は演技をしているのかもしれない。自分が殺しておいて、その罪を覆い隠す為に、必要以上に怯えてみせている可能性もある。

今は、断定するのは止めよう。まずは現地に行ってみてからだ。

6

「もうやだ。歩きたくない」

神社に向かう道すがら、御子柴が両手をぶんぶんと振り回しながら、子どもみたいな駄々を捏《こ》ねだした。

——また始まった。

だから、御子柴と一緒に行動するのは嫌だったのだ。自分で一緒に行くと言ったのだから、ちょっと歩いたくらいで文句を言わないで欲しい。

正直、相手をする気にもならず、八雲は無視して黙々と歩みを進めた。

「おい。ぼくが歩きたくないと言っているんだ。聞こえないのか？」

「…………」

「おーい」

「…………」

「そうか。無視するのか。分かった。じゃあ、お前が一歩進むごとに、テストから一点ずつ減点することにしよう」

　思わず舌打ちが漏れる。

「何なんですか」

　八雲が足を止めて振り返ると、御子柴は待ってましたとばかりにその場にしゃがみ込む。

「ぼくは、ここから一歩も自分の足では歩かない」

「そうですか。では、ここで待っていて下さい」

「嫌だ。ぼくは一歩も歩かないから、神社に連れて行け」

　——こいつマジで！

　久しぶりに殺意にも似た感情が湧き上がってきた。

　どういう育ち方をすれば、こうも我が儘になれるのか不思議で仕方ない。

「残念ですけど、それは無理です。歩きたくないなら、ここに残って下さい」

　ため息交じりに八雲が歩き出そうとすると、御子柴はアスファルトの上に寝転がってしまった。

　——猫か！

「嫌だ。連れて行け」

「だから歩いて下さい」

「歩かない。おんぶ」

御子柴がせがむように両手を挙げる。

――冗談じゃない。

どうして、自分より身体の大きい人間をおぶって歩かなければならないのか。というか、これでは前回の再現ではないか。

もう、いちいち相手をしているのが面倒になった。

「好きなだけ、そこで寝てて下さい」

八雲は、御子柴を置き去りにして行くという選択をした。

「おい。置いていくな。テストを減点するぞ」

「どうぞご自由に。御子柴先生をおぶって歩くより、よっぽどマシです」

――これだから一緒に行動するのは嫌だったんだ。

「ケチ！　薄情者！」

御子柴が叫ぶ。

いちいち相手をしていたら気が滅入る。

八雲は、叫ぶ御子柴を無視してスタスタと歩き始める。別に御子柴がいなくても、何も問題はない。

曲がりくねった川沿いの道を黙々と進んだ八雲は、一軒のマンションの前で足を止めた。

一人暮らしの学生をターゲットにした、単身者用のマンションだ。構造が古く、オートロック式ではなかった。ここは、行方をくらましている白井が住んでいたマンションだ。

神社の近くなので、先に足を運ぶことにしたのだ。

八雲は、敷地の中に足を踏み入れると、集合ポストを確認する。

白井の部屋である一〇四号室のポストは、投げ込みチラシの類《たぐ》いで溢れかえっていた。

ドアの前に移動し、呼び鈴を押してみた。

予想していた通り返答はない。

偶々《たまたま》、出かけているだけならいいが、集合ポストの状況を見る限り、数日の間、部屋に戻っていないことが推察される。

ただ、現状では、それが心霊現象に関係してなのかどうかは分からない。

何れにしても、後藤からの連絡待ちといったところだろう。

八雲は白井のマンションを離れ、そのまま神社に向かう為に、再び川沿いの道に戻る。

道の左側は勾配のきつい斜面になっていて、木々が生い茂っている。

大学が近いということもあり、川の反対側はアパートなどが建ち並んでいて、街灯もそれなりにある。

川を境に、まるで別の場所であるかのように感じられる。

やがて、神社に通じる石段が見えてきた。

斜面に沿って伸びる石段は、全部で百段くらいだろう。整備されていないからか、周囲の草木が石段の方にまで侵食している。

鳥居は腐食していて、塗料が浮いていた。指で触ると、ぼろぼろと剝がれ落ちた。

高架を走っていく電車の音が響く。

斜面になっているせいか、その音がやけに反響しているような気がした。

八雲は改めて石段に目を向ける。

確かに嫌な空気が漂っている。

そこに何かがいる気配——。

だが、八雲の赤い左眼には、何も映らなかった。もし、ここに幽霊がいれば見えるはずなのだが……。

まあ、何れにしても、突っ立っていても何も始まらない。

八雲は覚悟を決めて石段に足をかけた。

一段、また一段と上っていくほどに、空気の密度が薄くなり、体温を少しずつ奪われていくような気がする。

秋川が言っていたように、少し目眩がしてきた。

幽霊が近くにいると、何とも言えない不快感を覚えることはある。この周辺にも、何かいるのかもしれない。そう思い、周囲を見回してみても、幽霊の姿を捉えることはできない。

最上段まで石段を上った八雲は、一度振り返った。

かなり傾斜がきつかったこともあり、石段の最上部からの見晴らしは良好だった。道路を歩いている人の姿まではっきり見える。

呼吸を整えてから社に目を向ける。

正面に立つ社は、放置されていたせいか、少しだけ傾《かし》いでいるように見える。

「遅いぞ！」

突っかかるように言われ、八雲は思わずぎょっとなる。

神社の社の脇にある杉の木のところに、御子柴が座り込んでいた。

どうやら、白井のマンションに寄っている間に、追い抜かれてしまったらしい。

「ちょっと色々とあったんですよ。御子柴先生こそ、どうしてここに来たんですか？　てっきり、道路で寝ているのかと思いました」

「寝る訳ないだろ」

「いや、寝てましたよ。歩きたくないって駄々捏ねながら」

「それは、お前がおんぶしないからだ」

「する訳ないでしょ。御子柴先生流に言うなら、おんぶすることに、何の利得もありませんから」

「お前は理屈っぽいな」

「御子柴先生に言われたく……」

「それで、ここに幽霊はいるのか？」

御子柴は急に立ち上がると、辺りを見回しながら訊ねてきた。相変わらずのマイペースだ。話の途中でも平気でぶった切る。

「今のところ、それらしき姿は見当たりません」

八雲が見た範囲では、幽霊の姿はない。

「ふむ。しかし、ここは妙な場所だ。横澤たちが言っていた通り、この場所にいるだけで不快な感じがする」

「同感です」

「こういうのも、心霊現象なのか？」

御子柴は、疑問を投げかけてくるが、それは答えを求めてのことではない。もう、御子柴の中で結論が出ているのだろう。

分かっていて、わざわざこういう質問の仕方をする。本当に嫌な人だ。

「心霊現象で、体調に異変を来すケースもありますが……この場所に関しては、原因は他にあると思います」

「ほう。言ってみろ」

御子柴がにやっと笑みを浮かべる。

「低周波ではないかと」

低周波とは、簡単に言ってしまえば、振動数が少ない波動のことだ。

「ほう」

「この辺り一帯は、人間の耳に聞こえない低周波帯の音が鳴っているはずです。音の発信源は、おそらくはあれでしょうね」

八雲は、遠くに見える電車の高架を指差した。

色と同じで人間が感じることができる音の範囲は、ある程度決まっている。だいたい二十ヘルツから二万ヘルツと言われている。その範囲を外れた音を人間は、音として感知することができない。

だが、感知できないだけで、そこに空気の振動は存在する。

中でも波長の長い低周波を聞き続けると、耳鳴りや目眩といった変調を身体に来すことがある。おそらく、それが肝試しに来た秋川たちが体感した違和感の正体だ。

「前回の経験を活かし、心霊現象に対するバイアスを排除したのは上出来だ」

御子柴がパチパチと手を叩く。

やはり、この人は分かっていて質問してきたのだろう。

「お褒め頂き光栄です」

「ただ、今のでは、あくまで推論に過ぎない。検証が必要だ」

御子柴は、近くの茂みに向かってずかずかと歩み寄って行くと、小枝を拾って戻って来た。

「何をするつもりですか？」

「検証に決まっているだろ」

御子柴は、自信満々に言うと、小枝を使ってぶつぶつ言いながら文字を書き始めた。

「列車通過時の圧力変動をＰｆ、空気密度をＵとしよう。そして、電車の速度を……」

「御子柴先生。その話、長くなりますか？」

「長いぞ。今の仮説を立証しなければならないからな。場合によっては、正確な数値を測る為の機器を集める必要があるな……」

得意げに語る御子柴を見て、八雲は思わずため息を吐いた。

どうしても、徹底的に検証しないと気が済まないらしい。正直、そんなものに付き合っている場合ではない。

だいたいのことが分かればいいのだ。

八雲は、延々と数式を地面に書き続ける御子柴を無視して、改めて神社の境内《けいだい》を見て回ることにした。

目の前にある社の屋根には、青い苔が張り付いている。白蟻に食われたのか、柱のあちこちが腐食しているように見える。

社の横には、木の枠組みに紐を通しただけの簡易的なおみくじ掛けがあり、そこに幾つかの真新しいおみくじが結びつけられていた。

いや、廃墟となった神社でおみくじは引けない。これは、都市伝説に引っ張られ、恋愛成就の為に名前を書いた紙を括り付けたのだ。

全部で五十近くある。これだけの人が、都市伝説にすがったのかと思うとぞっとする。

元は純粋な恋愛感情だったはずが、相手を自分のものにしようと縛ることで、それを呪いに変えてしまう。

そうまでして、誰かを独占しようとする気持ちが、八雲には分からなかった。

それもそうだ。これまで、恋愛という感情に無縁だった。意図的に避けてきた。自分のように呪われた存在が、誰かと恋をするのは禁忌《タブー》だとさえ思っている。

八雲は、苦笑いを浮かべて感傷を断ち切り、頭の中を切り替える。

秋川は社の下に、何かがいたと言っていた。それを確かめておく必要がある。

八雲は屈み込むようにして、社の下を覗き込んだ。

だが――。

そこには、何もなかった。

ただ、暗い空間が広がっているだけだ。

その他にも、周囲の茂みを確認したり、社の裏手に回ってみたりしたが、これといった何かを見つけることはできなかった。

思えば、今回は幽霊の姿をただの一度も見ていない。

「おい！」

いきなり御子柴が声をかけてきた。

「何ですか？」

「どうして、ぼくの話を聞かない？」

御子柴は子どものように、地団駄を踏む。

大の大人が、こんな子どもじみた怒り方をしているのを初めて見た。

「他にも調べることがあるからですよ」

「他とは何だ？」

「今回の事件において、体調に異変を来したというのは、あくまで一事象に過ぎません。もっとも重要なのは、肝試し中に行方不明になった女性の消息です」

何が気に入らないのか、御子柴は口を尖らせる。

「そんなものは、調べるまでもない」

「どうしてですか？」

「どうしても、こうしても、幽霊は物理的な影響を及ぼさないのだろ。だったら、自分で失踪したか、誰かに拉致されたかだろうよ」

どうやら、自分の話を無視されたことで、かなり意固地になっているらしい。

御子柴にしては珍しく、バイアスのかかった発言をしている。

「どうやって、それをやったんですか？　社まで石段の一本道です。自分で姿を消したにしても、拉致されたにしても、誰にも気付かれずに——というのは無理がありませんか？」

「何を言っている。別に道を通る必要はない。その茂みとかに身を隠しながら移動すればいいだろう」

「それ、本気で言ってますか？　かなり急な斜面ですよ。それに、茂みの中を移動すれば音が出る。秋川さんたちも気付いたはずです」

八雲が主張すると、御子柴がふて腐れたように口を尖らせる。

「全員が嘘を吐いていた。つまり、白井を連れ去った犯人が、秋川たちだと考えれば、辻褄《つじつま》が合うだろう」

――本当に負けず嫌いだな。

変に意固地になって、自分の勝ちを主張しようとした結果、御子柴とは思えない稚拙な理論になってしまっている。

御子柴の弱点は、案外こういうところなのかもしれない。

これまでチェスで勝負するとき、正攻法で戦っていたが、自尊心を煽ってやれば、意外と簡単に墓穴を掘る可能性はある。

「ゲーム理論に当て嵌めて考えましょう。もし、秋川さんたちが嘘を吐いていたと仮定して、わざわざ心霊現象のことを相談に来た理由は何ですか？　そこに、どんな利得があるんですか？」

「失踪を心霊現象に見せかけたかった。或いは、嘘を吐いているのは、一人かもしれない」

「一人？」

「そう。一人が嘘を吐けば、今回の事象は成立するはずだ。違うか？」

御子柴が勝ち誇ったように目を細める。

言わんとしていることは分かる。彼が嘘を吐いているのだとしたら、それで説明がつくのは確かだ。

合理的である気もするが、それでも何かが引っかかる。

「可能性はありますが、それでも、確かなことが分かるまで調べる必要があります」

御子柴は「むっ！」と妙な声を上げると、白衣のポケットに両手を突っ込み、くるりと背中を向ける。

「頑固者。だったら、勝手に調べればいい。ぼくはもう帰る」

不機嫌に言いながら、御子柴は石段へ向かう。

――どっちが頑固者だ！

まあ、帰ってくれたのは、八雲にとってむしろ都合がいい。これで、とやかく言われずに済む。

「おい。本当に帰るぞ。いいのか？」

石段を下りかけた御子柴が、途中で足を止めて訊ねてきた。

「どうぞ。ご自由に」

八雲が告げると、御子柴は今度こそ、石段を下りて行ってしまった。

7

御子柴の姿が見えなくなったところで、タイミングよく後藤から電話がかかってきた。

「何の用ですか？」

八雲は石段に向かって歩みを進めながら電話に出る。

〈てめぇ！　どういう言い草だ！　お前が仕事を押しつけたんだろうが！〉

あまりの大音量に、八雲は思わず携帯電話を耳から離す。

〈だいたい、お前は……〉

「大きな声を出さないで下さい。鼓膜が破れたら、どうするんですか」

〈うるせぇ！〉

「それがうるさいと言っているんです」

〈何だと？〉

「それより、何か分かったから電話して来たんでしょ。さっさと教えて下さい」

八雲が告げると、後藤は舌打ちをしつつも話を始めた。

〈お前の言っていた白井という女性についてだが、友人と名乗る人物から、行方が分からなくなっているという相談を受けてはいたようだ〉

おそらく、相談したのは秋川か川端のどちらかだろう。

「それで」

〈ただ、正式な行方不明者届はまだだ〉

「どうしてです？」

〈肝試し中に幽霊に連れて行かれたとか言ったらしくてな。そのせいで、警察はまともに相手をしなかった〉

肝試し中に行方不明ってことにしておけば、警察も動いただろうに、幽霊に連れて行かれたなどと証言したら、悪戯《いたずら》だと思われてしまうのは当然だ。

「警察から、白井さんの家に足を運んだりはしたんですか？」

〈してねぇよ〉

「先ほど、足を運んでみましたが、集合ポストを見る限り、数日間、家を留守にしているようでした」

〈お前、もう行ったのか？〉

「警察がモタモタしているので、仕方なく――です」

〈相変わらず嫌みな野郎だ〉

「ぼくは、事実を言ったまでです」

八雲が言うと、電話の向こうから後藤のため息が聞こえてきた。

〈一つ訊いていいか？〉

「何です？」

〈お前が絡んでいるってことは、白井って女性の失踪には、心霊現象が絡んでいるってことなのか？〉

「さあ。どうでしょう。心霊現象絡みの依頼だったのですが、今のところ幽霊を見ていないんですよね……」

〈何だよそれ〉

「ぼくに文句を言わないで下さい。それより、頼んだもう一つの件はどうでしたか？」

白山神社が廃墟になった経緯について、確認するよう頼んでいたはずだ。

〈ああ。あれな。その神社は、元々神主が常駐している訳じゃないらしい。場所も悪いし、最近は参拝者もほとんどいないことから、廃れてしまったってやつだ〉

「神主が失恋して、自殺したって話は？」

〈俺の調べた範囲では、そんな話は出てこなかった。根も葉もない噂だったって訳だ〉

何だか拍子抜けしてしまった。

せめて類似する話があると思っていたのだが、この神社で囁かれる伝説は、ただの作り話だったということだ。まあ、都市伝説なんてものは、元々そういうものかもしれない。

「分かりました。では……」

八雲は途中で言葉を呑み込んだ。

社の方から、ただならぬ気配を感じたからだ。

視線を向けると、社の傍らにじっと佇んでいる人影があった。長い黒髪が印象的な女性だった。

顔の筋肉が全て弛緩してしまったかのように、虚ろな表情を浮かべている。

――生きている人間ではないな。

確認の為に、掌《てのひら》で左眼を覆うと、女性の姿がふっと消えた。左眼だけが見えるということは、間違いなく彼女は死者の魂――幽霊ということになる。

〈おい。八雲。どうした？〉

繋がったままになっている携帯電話から、後藤の声が響いてきた。

「後でかけ直します」

八雲は短く告げて電話を切った。

今、目の前にいる幽霊は白井だろうか？　もしそうだとすると、彼女はもうこの世に存在していないことになる。

肝試しの最中に、何者かに拉致されて殺害されたか、或いは、自らの意思で失踪し、自殺したとも考えられる。いや、幽霊に憑依され、彷徨っているときに、何らかの事故に巻き込まれて命を落としたという可能性も視野に入れなければならない。

——違う。

八雲は、自らの中に浮かんだ考えを否定した。

可能性はまだ他にもある。そもそも、目の前の幽霊が白井だという保証は何処にもない。事件とは全く無関係な幽霊であることも視野に入れなければならない。

こんなことなら、事前に白井の写真などを見せてもらっておけば良かった。

「あなたは、誰なんですか？」

八雲が訊ねると、女性は口許に薄《うっす》らと笑みを浮かべた。

いや、実際は笑みだったのかどうかは分からない。八雲がそう感じたに過ぎないのだ。

「どうして、この場所を彷徨っているんですか？」

八雲は問いかけを続けながら、女性に向かって歩みを進める。

だが——。

近付いた分だけ、彼女は離れていく。まるで、磁石の同じ極を近付けたときのように、一定の間隔が空いてしまう。

「あなたは……」

八雲の言葉を遮るように、女性は首を左右に振った。

そして——。

何かを訴えるように口を動かした。だが、その声は八雲の耳には届かない。口の動きを読んで汲み取ろうとしたが、上手くいかなかった。

彷徨っている理由が分からないことには、対処のしようがない。

ただ、見えるだけで、結局は何もできない。なら、どうして見えてしまうのか——これまで何度となく繰り返してきた疑問。

きっと、八雲は無意識のうちに、幽霊が見えることに理由を、意味を求めているのだろう。

この期に及んで、まだ何かにすがろうとしている。

「教えて下さい。あなたは、なぜ、彷徨っているのですか？　何がしたいのですか？」

八雲は、改めて女性に問う。

「にぃぃ……えぇ……てぇ……」

今度は、女性の声が耳に届いた。だが、言葉の意味を理解することはできなかった。まるで、板が軋《きし》むような音――。

「何が言いたいんですか？」

女性は、ゆっくりと右手を挙げ、八雲の背後を指差した。

――後ろ？

振り返ろうとした八雲だったが、その前に後頭部に強い衝撃が走る。

気付いたときには、地面に這いつくばっていた。

迂闊《うかつ》だった。目の前の幽霊に集中し過ぎていて、背後からの接近に気付かなかった。

すぐに立ち上がろうとしたが、足に力が入らない。軽い脳震盪《のうしんとう》を起こしているのかもしれない。

――マズいな。

内心で呟くや否や、腹に強い衝撃が走り、八雲は痛みとともに地面を転がり、仰向けに倒れた。

蹴り上げられたようだ。

何者かが、八雲の方に歩み寄って来るのが、靴音で分かった。

こちらの素性を確認するでもなく、脅すでもなく、容赦のない暴力を振るってくる。その目的は明らかだ。

このまま、八雲を亡き者にしようとしているのだ。

――その理由は何だ？

やはり、幽霊に関係していることなのか？　だとしたら、いったい誰が？　まあ、今さら思考したところで意味はない。

再び立ち上がろうとした八雲だったが、黒い影が八雲を覗き込んで来た。

暗い上に、最初の一撃で視界が揺らいでいて、その顔をはっきり見ることはできなかった。

「あなたは、何者ですか？」

時間稼ぎのつもりで問い掛けたが、顔面を踏みつけられた。

目の前が真っ暗になった。顔の感覚がほとんど麻痺している。もう、口を動かすこともできない。

――くそっ。

ここまでか。諦めの気持ちが広がっていく。不思議と後悔はなかった。死ぬなら死ぬで構わないと思った。

八雲には何もない――。

このままここで、人生の幕引きをしたところで、誰が哀しむ訳でもない。仮に自分が死んだとしても、すぐにこの世から消えるだろう。さっきの女性の幽霊のように、現世にしがみつく理由は何一つない。

次第に意識が遠のき、暗い闇の中に墜ちて行った――。

8

頬に何かが当たった——。

何度も、何度も、同じところに繰り返し何かが押し当てられる。

痛いような、こそばゆいような妙な感触に引き摺られるように、八雲は意識を覚醒させた。

ゆっくりと瞼《まぶた》を開けると、誰かが八雲の顔を覗き込むようにしている。

御子柴だった——。

その手には木の枝が握られていて、それで八雲の頬を突っついている。道端に落ちている正体不明の物体を弄ぶように、好奇心に満ちた笑みを浮かべながら——。

八雲は、ようやく全てを理解して身体を起こした。

「おっ、生きてた。生きてた」

無邪気に言う御子柴を見て、心の奥底から落胆のため息が漏れた。

「何をしているんですか?」

「何って、お前をつんつんしていたんだ」

当然のように言う姿に無性に腹が立った。

「どうして、そんなことをしているのか——と訊いているんです」

「生存確認だ」

「生存確認なら、脈を取るとか、呼吸を確かめるとか、もっと別の方法があるでしょ」

「別にいいだろ。こうやって目を覚ましたんだから」

「普通は、救急車を呼ぶんですけどね」

「呼んで欲しいなら、今から電話するぞ」

「もういいです」

まだ痛みは残っているが、それほど強烈なものではない。目眩も治まっているし、吐き気などの症状もないし平気だろう。

「まったく。お前が、ぼくのことを追いかけて来ないから、こういうことになるんだ」

——全然分からない。

「どうして、ぼくが御子柴先生を追いかけるんですか？」

「ぼくに失礼なことを言ったんだから、追いかけて謝るべきだ」

——メンヘラ依存男か！

勝手に喋って、勝手に機嫌を損ねて帰ってしまった人間を、追いかける理由なんて何処にもない。まして、謝るなんてもってのほかだ。

ただ、それを言ったところで無駄だ。御子柴は圧倒的に価値観がズレているのだ。

「それは、すみませんでした」

形だけの謝罪を述べると、口の中にじわっと鉄分を含んだ血の味が広がった。踏みつけられたときに、口の中を切ったらしい。

「とにかく、ぼくに感謝したまえ。謝りに来ないお前に文句を言ってやろうと、神社に戻って来たから、こうしてお前は無事でいられる訳だ」

「そうですね……」

八雲は口の中にある血を地面に吐き出した。

「何だ、その態度は」

「別に……」

助けてもらわなくても、別に良かった。あのまま、殺されていた方が、八雲にとって楽だったかもしれない。

「お前は、自分が死んでもいいと思っているな」

御子柴は八雲の心情を見透かしたように言うと、木の枝をぽいっと投げ捨てる。

「どうしてそう思うんですか？」

「数字を見ていれば分かる」

「は？」

「数字というのは嘘を吐かない。絶対に——だ」

御子柴は、そう言いながら八雲の隣に腰を下ろした。

「全然、意味が分かりません。数字で他人の心情を慮《おもんぱか》ることができるとは思いませんけど」

「分かるさ。お前は、講義のときに必ず一番最後に来る。そして、必ず周囲に一席ずつの空席を確保する」

「それがどうしたんですか？」

「あれは、お前が周囲に対して、自分という存在を認知させないように振る舞っているという証明に他ならない。絶対、自分の領域に踏み込ませない為のバリアみたいなものだ」

「偶々ですよ」

思わず苦笑いが漏れそうになったが、辛うじて平静を保った。

否定はしたが、御子柴の言う通りだ。八雲は、意図的に周囲と物理的な距離を置いている。そうすることで、関わりを避けているのだ。

「またそれか。言っておくが、ぼくは授業のときの学生の配列を全部覚えている。それらを踏まえて確率を検証してもいいんだぞ」

八雲は啞然とした。

そこまで記憶しているとは、驚異的と言う他ない。いや、病的と言ってもいい。

「仮に、御子柴先生の言っていることが正しいとして、それは周囲と距離を置いているだけで、死にたがっていることにはなりませんよね」

「お前はせっかちだな。話はこれからだ。お前の言動には、もう一つ特性がある」

「何です？」

「反応速度が遅い」

「反応速度」

「そうだ。お前は、緊急の事態に対して、一人だけ反応が一歩遅れる。そうだな。他の人間と比べて、〇・一秒は遅いな。この前、講義の最中に地震があっただろ。あのときも、お前だけ身を守ろうとしなかった」

「気付くのが遅れただけでしょ」

「違う。お前は洞察力に優れている。気付いているのに、反応が遅れる。その理由は何か？それは、お前が自分の周囲で起こることに、無頓着だからだ。自らの命の危機も含めてな」

――凄い。

御子柴は、周囲に一切の関心がないと思っていた。だが、そうではない。御子柴は、他者との関わり方が他とは違うだけなのだ。

多くの人は、言葉や表情で相手を判断するが、御子柴はその基準が数字にある。

前に会ったときも、八雲のテストの解答パターンから、人格を評してみせた。とてもロジカルだが、しっかりと人を見ている。

ただ、それを素直に認める気にはならなかった。

「それも偶々ですよ」

「そう言うと思って、今日、会ったときに実験をさせてもらった」

「実験？」

「そう。毒物を飲ませたというアレだ」

「ああ……」

御子柴の部屋に行ったとき、渡されたビーカーの中身に毒物が入っているかのように脅かされた。あのとき、確かに慌てたりはしなかった。

　死ぬなら、それも仕方ないくらいに思っていた。

「あの反応から見ても、お前が自分の生に対して執着がないことが分かる」

「…………」

「さらに言うと、さっき襲われたときも、お前には反撃したり、逃亡を図ったりという意思が見られなかった。あれこそ、自分の命を軽んじている証拠だな」

「え？　どういうことですか？」

「だから、さっき襲われたときにだな……」

「いや。そうじゃなくて、襲われていたのを見ていたのなら、そのとき助ければいいじゃないですか」

「ふざけるな！」

　いきなり御子柴が激昂する。

「はい？」

「言っておくが、ぼくの運動能力は、平均値をはるかに下回る。怪我でもしたら、どうするつもりだ」

　――威張って言うことじゃないだろ。

「…………」

「まあ、犯人はぼくに気付いて逃げたから、結果的には助けている」

「はいはい」

「はいは一度だ。お前は、どうしてそんなに自分の命を疎かにする？」

御子柴の問いに答える気にはならなかった。

八雲は、自らの母親に殺されかけた経験がある。そのとき、通りかかった警察官によって難を逃れたが、あの経験は八雲の中に一つの考えを植え付けた。

自分は必要とされていない――。

産みの親ですら、殺そうとしたのだ。そんな自分に価値を見出せるはずがない。叔父には幾度となく、そんなことはないと諭されたが、それで簡単に納得できるようなものではない。

一度根を張ったトラウマは、日に日に増殖し、自分でも抑えきれないほどに膨れ上がってしまった。

「まあ、答えたくないなら、言わなくてもいい。何となく想像はつくからな」

「お得意の数学で――ですか？」

「そうだ。お前の他人との距離の置き方を見ていると、女性に対して、より距離を取っている。そうなると、トラウマの根源は女性に関わることだ。自らの生死に無頓着なお前の女性に関するトラウマといえば、自ずと母親に絡んだものだということが分かる」

――本当に凄いな。

数学という他人と異なる観点だが、ここまで観察眼に優れた人に出会ったことがない。

「御子柴先生は、誰に対してもそうなんですか？」

「まさか。ぼくは、そんなに暇じゃない」

「え？」

「ぼくが観察するのは興味がある人間だけだ」

「ぼくなんかに、興味を持っても、ろくなことはありませんよ」

「それを決めるのは、お前ではない。ぼくが決める」

「…………」

「お前は、他人の感情を決めつけ過ぎる。もっと数学を学べ。数字は嘘を吐かない。数字に当て嵌めてみれば、本当の距離というのが見えてくる」

「数字――ですか」

確かにそうかもしれない。

他人の言動を感情で処理するから、その裏にある真意を見抜くことができない。だから不安になり、悩み、苦しむのかもしれない。

御子柴のように、数字に当て嵌め、正確に分析すれば真実を知ることができる。

だが――。

それは、とても怖いことのように思う。もし、その真実が望まぬ結果だったとしたら、それは希望を失うことになる。

――ああ。そうか。

八雲は、思いがけず自分の心の底にあるものに行き当たった。

——ぼくは怖いのだ。

母親が自分を殺そうとした理由が、実は他にあるのではないかと心の何処かで期待している。だからこそ、真実を知るのが怖いのだ。裏切られて、傷付くことに堪《た》えられないから。

他人との距離にしてもそうだ。自分の存在を否定されたくないから、最初から誰とも関わらないようにしている。

——まるで中二病だな。

だが、それが分かったからといって、今すぐどうこうなるものでもない。

「とにかく、ぼくはお前に死んでもらっては困る」

「どうしてですか？」

「幽霊の存在証明ができなくなってしまうだろ」

御子柴は、そう言うと白衣のポケットから棒付き飴を取り出し、「マロンラテ味だ」と八雲に差し出してきた。

「いらないです」

「どうしてだ？」

「どうしてって……食べたくないからです」

「いいから貰っておけ。ダメージを回復する為には、糖分の摂取が一番いい」

こうなると、受け取るまで延々と同じやり取りが続きそうだ。八雲は、仕方なく棒付き飴を受け取る。

包み紙を剥がして口の中に入れると、強烈な甘さが口の中に広がり、思わず顔が歪んだ。

糖分摂取にしても、これはやり過ぎだ。甘い。甘すぎる。

「その顔。やっぱり不味いんだな」

「は？」

「毒味をさせたんだ。次から、マロンラテ味は買わないことにしよう」

御子柴は、白衣のポケットから別の飴を取り出し、口の中に放り込んだ。本当に身勝手な人だ。

寝グセだらけの頭を、ガリガリと掻いたところで、誰かの視線を感じた。

視線を向けると、社の前に一人の女性が立っていた。さっき、襲われる寸前に八雲の前に姿を現した幽霊だ。

彼女は、切れ長の目でじっと八雲を見据えている。

何かを言っているようだが、相変わらず呻《うな》り声にしか聞こえず、その意味は分からない。

「おい。あの女は誰だ？」

御子柴の口から発せられた言葉に、八雲ははっとなる。

「見えるんですか？」

「見えるも何も、そこにぼうっと突っ立っているじゃないか」

御子柴が真っ直ぐに女性の幽霊を指差した。

もしかして、あれは実在する人間なのか？　いや、そんなはずはない。あれは、間違いなく幽霊だ。

よくよく考えれば、別に御子柴に見えたからといって、驚くことでもない。

赤い左眼がなくても、幽霊が見えるケースは多々ある。気温や湿度など、様々な条件によって、人間の網膜に映ることはこれまでもあった。

この神社に足を運んだ秋川や横澤たちは、体調に異変を来していた。耳鳴りや目眩、吐き気といったものだ。その原因は、低周波によるものだと推察される。もしかしたら、そうした条件の重なりが、御子柴にも幽霊の姿を見せているのかもしれない。

やがて、その女性の幽霊はふっと姿を消した。

「あっ、消えた」

御子柴が女性の幽霊がいた場所を指差しながら声を上げる。この反応も、同じものが見えていた証拠だ。

「そうか――」

八雲の中に、急速に一つの結論が浮かび上がった。

「何か分かったのか？」

「ええ」

「言ってみろ」

「嫌です」

「どうして？」

「まだ推測の段階だからです。間違えたら、また思考にバイアスがかかっているって難癖を付けるでしょ」

「難癖とは何だ。ぼくは、正論を――」

「その話、長くなりますか？」

「なる」

「じゃあ、後にして下さい」

八雲が突き放すように言うと、御子柴は子どものように頰を膨らませた。

本当に面倒臭い人だ。

「まずは事件を解決することが先です」

八雲は強引に話を進める。

「どうやって解決するんだ？」

「取り敢えず、ぼくを襲った人間を捕まえることが先決ですね」

八雲は携帯電話を取り出した。後藤に連絡を入れるつもりだったが、それを御子柴が制する。

「だったらぼくに任せろ」

「はい？」

勝ち誇った御子柴の笑みを見て、嫌な予感しかしなかった。

9

「本当に分かるんですか？」

八雲は、白衣をはためかせながら、颯爽《さっそう》と歩く御子柴のあとをついて歩きながら訊ねた。

「当たり前だ。ぼくを誰だと思っているんだ？」

「思い込みが激しく、自己中心的な変人数学者——ですか？」

八雲が言うと、御子柴はピタリと足を止めて振り返った。

流石に怒るかと思ったが、御子柴はむしろ嬉しそうにしている。もしかして、言葉責めを喜ぶタイプなのだろうか。

「だいたい合っているな。赤眼のナイト君」

「その呼び方、止めてもらえますか？」

「却下」

駄目だ。自己中心的だということを自覚している人に、何を言っても意味がない。

「本当に、こっちで合っているんですか？」

御子柴は、自信満々に「ついて来い！」などと言っていたが、何を根拠に歩いているのかが不明だ。

こんな風に徒《いたずら》に時間を浪費するくらいなら、警察を動かした方がいい。

「もちろんだ。迷路実験を知っているか？」

「ええ。マウスなどを迷路に入れて、餌があるゴールまで辿り着けるかを実験したものですよね」

「そうだ。動物行動学という奴だ。あれは、マウスだけに当て嵌まるものではない。人間においても同じだ。動物行動学によって、最初に取る行動のパターンというのは、限定されるのだ。神社の下の道路の構造を鑑みて、検証していけば、やがては辿り着くことができる」

いちいちもっともらしく言っているが、御子柴のその考えには大きな穴がある。

「それって、ゴールが設定されている場合ですよね。襲撃者のゴールが分かっていない状況で、その理論に当て嵌めるのは……」

「ごちゃごちゃ言わずに、黙ってついて来い」

一蹴されてしまった。

何だか不毛な探索に付き合わされている気がする。そもそも、逃亡からそれなりに時間が経過しているのだ。仮に御子柴の理論が正しかったとしても、こんなペースで歩いていたら、襲撃者に追いつくことはできない。

御子柴は、幾つかの角を曲がったあと、古い構造のマンションの前で足を止めた。

「ここに、お前を襲った奴が逃げ込んだはずだ」

このマンションは、ついさっきも訪れた。行方不明になった白井が住んでいた場所だ。なるほど——と八雲はようやく納得する。

「御子柴先生。動物行動学なんて、嘘っぱちですね」

「ほう。何を根拠に、ぼくが嘘を吐いていると思うんだ？」

御子柴は、にやにやと笑みを浮かべる。

本当に白々しい人だ。

「根拠も何も、襲撃者がこのマンションに逃げ込むのを見ていたんでしょ」

「ご名答。さすがの観察眼だな」

悪びれる様子もなく、御子柴が言った。

本当に呆れた人だ。石段の最上段は見晴らしがよく、街並みが見渡せた。歩いている人が確認できるほどに。つまり、あの神社から犯人が何処をどう逃げたかを俯瞰で観察することができる。

御子柴は、ただそれを確認していただけのことだ。

まあ、何にしても、犯人が白井の部屋に逃げ込んだことで、だいたいのことは片付いた。

八雲は携帯電話を取り出すと、後藤に電話をかける。

相変わらず、ぎゃんぎゃん騒いでいる後藤に、現在地を告げ、すぐに来るようにとだけ言うと電話を切った。

「一つ訊いていいか？」

マンションの廊下を歩き、白井の部屋の前まで来たところで御子柴が訊ねてきた。

「何です？」

「お前を襲撃したのは何者だ？」

「多分、松永という人です。白井さんの恋人の——」

「ほう。それは興味深いな。どうして、松永がお前を襲撃したりしたんだ？」

「理由は簡単です。ぼくが、白井さんのことを嗅ぎ回った上に、神社で捜索を始めたからでしょうね」

「そういえば、川端のところに行ったとき、すれ違った男がいたな。あれが松永か？」

「おそらく……」

松永は、すれ違ったあと、ずっと八雲たちを監視していたに違いない。

「なぜ、松永は神社を捜索されることを嫌がる？」

「白井さんを殺害し、あの神社の社の下に埋めたからだと思います」

「それは穏やかじゃないな」

「ええ。あのままいけば、ぼくが社の下に埋まっている死体を掘り起こす可能性があった。だから、襲撃して口封じをしようとしたのでしょう」

「ふむ。しかし、白井を殺害した理由は何だ？」

「それは、本人に聞いてみないと分かりませんが、男と女が揉める理由など、たかが知れているでしょうね」

嫉妬や束縛、そういった類いのものだろう。

犯行が行き当たりばったりなことから考えて、明確な殺害の意図はなかったのに、うっかり手にかけてしまった——といったところだろう。

「つまり、肝試しの後に喧嘩して、誤って殺害。神社の社の下に埋めたという訳か」

「それは違います」

「違う？」

「それだと、白井さんが神社から消えた現象についての説明ができません」

「まあ、そうだな」

　御子柴が尖った顎に手を当てる。

　この表情からして、御子柴には、まだその辺りの謎が解けていないのだろう。まあ、今回の事件に関しては、数学で謎を解くのは難しい。

「白井さんが殺されたのは肝試しが行われる前です」

「前？　それはおかしいだろ。白井は、横澤たちと肝試しに参加していたはずだ。それより前に死んでいるなら参加できないだろ」

「ええ。それが、大きな問題だったんです」

　松永は、肝試しがあった日、身内に不幸があって参加していなかった。だから、事件には関係ないと除外してしまっていた。だが、それが間違いだった。

　いや、正確には、白井が肝試しのときに失踪したと決めつけてしまったのが誤りだったのだ。

「どういうことだ？」

「御子柴先生も見たでしょ。白井さんの幽霊を――」

「ふむ。神社の前に突っ立っていて、突如として消えた女なら見た」

あくまで、あれを幽霊だと断定しないつもりのようだ。まあ、それならそれで構わない。

「あの場所は、おそらく低周波の影響で、幽霊が見えやすい環境になっていたんです。ここまで言えば、御子柴先生ならお分かり頂けますよね？」

「なるほど。肝試しに参加した人数は、実際は三人だった訳だ。それを、横澤たちは四人であったと誤認した」

「ええ。彼らが見たのは、白井さんの幽霊だったんです――」

あの神社周辺の環境のせいで、肝試しに参加した全員が幽霊を見てしまったのだ。その結果、幽霊を生きている人間だと思い込んだ。

今になって考えれば、不自然な点は多々あった。

肝試しのとき、白井の様子がおかしかったと証言している。ひと言も喋らなかったとも。それだけではない。御子柴が言っていたゲーム理論。あれに当て嵌めれば、彼氏である松永の不参加が決まった段階で、白井こそ肝試しに参加する利得がないのだ。

それでも、白井があの場所に幽霊となって姿を現したのは、おそらく自らの死体を見つけて欲しかったからだろう。

だが、環境の不安定さのせいで、突然、白井の姿が見えなくなってしまった。

その結果、肝試し中に突然、失踪した――という不可解な状況が生まれてしまったのだ。

「証拠は？」

「それは、これからです。ただ、神社の社の下を掘り起こせば、白井さんの死体が見つかるはずです。鑑識に回せば、死亡推定時刻が明らかになるでしょう」

八雲は、ドアを見つめながら口にする。

白井が死んだのが、肝試しより前だということが分かれば、松永はアリバイを失うことになる。

「しかし、松永がこの部屋に逃げ込んだ理由は何だ？」

御子柴が、ドアを爪先でドンドンッと蹴る。

「証拠隠滅でしょうね。おそらく、犯行現場はこの部屋の中です。自分の指紋なんかを必死に拭き取っているところでしょう」

八雲の説明に、御子柴が大声で笑った。

「松永はアホなのか？　ここは白井の部屋なのだろう。恋人である松永の指紋はあって然るべきだ。それを拭き取るなんて、自分で不自然な状況を作っているようなものではないか」

「同感です。時間をかけて、そんなことをしても、何の意味もないのに……」

「そういえば、そろそろ警察が到着する頃なんじゃないのか？」

「そうだと思います。ぼくなら、すぐにこのドアを開けて逃げますけどね」

「窓からは駄目なのか？」

「窓は無理でしょう。窓は、もう警察が包囲していますから。警察を相手にするくらいなら、正面のドアを開けて、ぼくたちを突き飛ばした方が、よほど楽に逃げられますよ」

言い終わるや否や、勢いよくドアが開き、一人の男が部屋から飛び出して来た。

上手く誘導に成功したようだ。ドアの前で松永に聞こえるように謎解きをした上で、窓からではなく、ドアから逃げるように仕向けたのだ。

即興で合わせてくれた御子柴の協力あってのことだ。

松永は、八雲を突き飛ばすようにして廊下を走り、エントランスに向かった。残念ながら、そんなに慌てて逃げても今さら手遅れだ。

なぜなら、マンションの出入り口には、凶暴な熊が待ち構えている。

「後藤さん！　確保！」

八雲が叫ぶと、後藤は走って逃げようとする松永を捕まえ、その場に投げ飛ばしてしまった。

エピローグ

「まだ、一つ分からないことがあるんだ」

そう切り出したのは御子柴だった。

例の如く、八雲は研究室に呼び出されてチェスの勝負をさせられていた。

「何です？」

八雲は、ビショップの駒を動かしながら問い返す。

戦局は、あまりよろしくない。このままでは、連敗記録を更新することになってしまう。別に、チェスに負けたからといって、どうということはないのだが、御子柴の勝ち誇った顔を見るのは癪に障る。

「川端の証言だ。あいつは、肝試し以降、心霊現象に悩まされているとか言っていただろ。あれは、単なる勘違いということなのか？」

御子柴は、そう言いながら白衣のポケットから、棒付きの飴を取り出し口の中に放り込んだ。

確かにその件については、説明していなかった。

別に大した謎でもないので、普通に教えればいいのだが、これを機に試してみるのも、いいかもしれないと思った。

「あれは、勘違いではありませんよ」

「どういうことだ？」

「いや。説明するのはいいですけど、御子柴先生なら分かりますよね？　あの程度の謎は、猿でも解けますよ」

挑発的に言うと、クイーンの駒を持った御子柴の手がピタッと止まった。

御子柴が負けず嫌いだということは分かっていたが、ここまで露骨だと笑ってしまう。だが、それを表に出してはいけない。

八雲は表情を引き締めつつ、御子柴をじっと見据えた。

「もちろんだ。分かっているに決まっているだろ」

「ですよね。大学の准教授である御子柴先生が、こんな謎も解けないなんて、あり得ません」

「当たり前だ」

御子柴がクイーンの駒を盤上に置いた。

初心者の八雲でも分かる。今、御子柴はミスをした。そんなところにクイーンを置いたら、取ってくれと言っているようなものだ。

「良かった。あの程度の謎が解けないような、アホになってしまったのかと心配しましたよ」

「何を言っている。そんな訳ないだろ」

喋った拍子に、御子柴の口から棒付き飴がボタッと落ちた。

——動揺している。

「どうかしましたか?」

八雲は頬の筋肉を意識して引き締めながら、御子柴のクイーンをポーンで奪った。

途端、御子柴が「ぬっ」と奇妙な声を上げる。

本当は、待ったをかけたいところだろうが、プライドの高い御子柴が、そんなことを言えるはずがない。

「何でもない」

御子柴は、落ちた棒付き飴を再び口の中に放り込み、チェスの駒を動かした。

それもまた悪手だった。すっかり動揺しているようだ。

「そうですか。こんな当たり前のことを、御子柴先生に説明しなければならないのかと思いました」

「そんなわけないだろ」

「ですよね」

「まあ、分かってはいるが、一応、答え合わせをしようじゃないか」

「嫌ですよ」

「どうして?」

「こんな簡単な謎で、答え合わせをするなんて、バカバカしいですから」

「…………」

「どうしても、答え合わせをするなら、御子柴先生からどうぞ」

八雲が促すと、御子柴の手からチェスの駒がポロッと零《こぼ》れ落ちる。

「どうかしましたか？」

八雲が再び訊ねると、御子柴は慌てて駒を拾い、チェス盤に置いた。

――最悪の一手だ。

「お前わざと……」

八雲は、クイーンの駒を動かしたあと、「チェックメイトです――」と告げて席を立った。

御子柴は、ようやく自分が揺さぶりをかけられていたことに気付いたらしく、苦々しい表情を浮かべ、口の中の飴をガリガリと音を立てて噛んだ。

「ええ。わざとです。こういう心理戦もチェスの戦略の一つですよね？」

「むぅ」

「というわけで、今日は失礼します」

立ち去ろうとした八雲を、御子柴が「待て！」と呼び止める。

「何です？」

「結局、川端の件の真相は勘違いだったってことなんだろ」

「違います」

「どう違うんだ。教えろ」

「お断りします」

八雲は、それだけ告げると部屋を後にした。

御子柴にも言ったが、あれは謎でも何でもない。

川端の前に現れた黒い影の正体は松永だ。

幽霊のふりをして、川端の前に現れ、「お前が殺した」と繰り返し口にすることで、彼を洗脳しようとしていたのだ。

川端たちは、白井が肝試しに参加したと思い込んでいた。松永は、それを利用して、川端を犯人に仕立て上げようとしていた。

あまりに浅はかで無謀な作戦過ぎて、逆に御子柴には考えが及ばなかったのだろう。

人は誰しもが、御子柴のように理詰めで行動している訳ではない。ときには、理に適わない行動をとってしまうものだ。

廊下を歩き始めたところで、御子柴の悶《もだ》えるような叫び声が聞こえてきたが、八雲は無視して歩みを進めた。

次に会ったとき、真相を語って御子柴の反応を見るのも面白いかもしれない——。

第三話　呪いの解法

プロローグ

夜の校舎は薄気味が悪い——。

雅巳《まさみ》は、学園祭に使う垂れ幕の入った段ボール箱を抱えたまま、階段を上っていた。

電気が点《つ》いているのに、なぜだか薄暗い感じがする。夜だから当然なのだが、それとは違う何かがあるような気がする。

「わっ！」

急に背中をどんっと叩かれ、雅巳は思わず悲鳴を上げた。その拍子に段ボール箱を落としてしまった。

危うく階段から転落するところだった。

「ちょっと。驚き過ぎでしょ」

更紗《さらさ》が、腹を抱えて笑っていた。

「笑いごとじゃないって。危うく落ちるところだったんだぞ」

「だって、そんなに驚くなんて思わないじゃない」

「バカにしてんのか？」

「さあ。どうでしょう」

更紗はニヤニヤしながら体当たりしてきた。

これまで更紗と話をすることは、ほとんどなかった。気にはなっていたが、一つ年上の彼氏がいたので、こちらから話しかけるようなこともなかった。

それが、学園祭の準備をきっかけに、急速に仲良くなった。噂《うわさ》では、更紗は彼氏と別れてフリーらしい。この機会にアプローチをかければ、上手《うま》くいくかもしれない。

「で、何しに来たんだ？」

「私の方は終わったから、手伝ってあげようと思って」

今から、Ｂ棟の屋上に垂れ幕を運んで、上から提げておかなければならない。一人より二人の方が捗《はかど》るし、更紗と一緒にいられるチャンスでもある。

「助かるわ」

「手伝ってあげる代わりに、何か奢ってよね」

「ジュースとか」

「あり得ない。私はそんな安い女じゃありません。そうだな。駅前の居酒屋で許してあげるよ」

「ええぇ！」

大げさに驚き、嫌そうな顔をしてみたが本心は違う。渡りに船とはこのことだ。

仲良くなり、メールのやりとりなんかはあるが、それ以上はなかった。手伝ってもらったお礼ということであれば、二人で呑みに行くいい口実になる。

もしかしたら、更紗はこちらの気持ちを分かっていて、敢えてこういうことを言っているのだろうか？

　そういえば、前に女子たちが、更紗はあざとい——と陰口を言っているのを耳にしたことがある。

　まあ、正直、雅巳からしてみればどっちでもいい。周囲の評判なんてどうでもいい。それより、更紗と二人で呑みに行けるという事実の方が重要だ。

「仕方ねぇな。奢ってやるよ」

　雅巳はため息交じりに答える。

「やったー」

　喜ぶ更紗を見て、ゆるみそうになった表情を慌てて引き締めた。

　二人で並んで階段を上り始めた。更紗は手伝うと言いながら、ただ隣を歩いているだけだ。しかし、そんなことは気にならない。こうやって一緒にいるだけで楽しい。

「あっ、そういえば、Ｂ棟に出る女の幽霊の噂って聞いたことある？」

　唐突に更紗が語り始めた。

「は？　急に何言ってんだ？」

「何って、幽霊の話だよ。Ｂ棟に出るんだって。幽霊」

　更紗は雅巳を流し見る。

　からかっているつもりなのだろうが、雅巳は本当にこの手の話が苦手だ。ただ、それを認めてしまったのでは、あまりにかっこうがつかない。

「幽霊なんてバカらしい」

「へえ。じゃあ平気だね。幽霊が出るのって、四階の一番奥の部屋なんだって」

ちょうど、四階のフロアに着いたところだった。

更紗が、すうっと廊下の奥を指さす。

階段は電気が点いているが、廊下は消灯されている。奥に行くにつれて闇が濃くなり、一番奥は完全に見えなくなっていた。

「どうして、こんなとこに幽霊なんて出るんだよ」

雅巳は、廊下から目を逸らしてそのまま屋上に向かおうとしたが、更紗に袖を引っ張られて足を止めた。

「え？　知らないの？」

「何が？」

「結構、前のことだけど、この一番奥の部屋で、女子学生が殺されたんだよ。それ以来、その部屋は使用禁止になっているの。開かずの間――」

「嘘だろ」

雅巳は、苦笑いとともに否定した。

そんなものは、根も葉もない噂だ。そう思おうとしているのに、なぜだか鼓動が速くなる。口の中が、干上がったように乾く。

そういえば、だいぶ前にそんなニュースを見たような気がしてきた。

「本当だって。それ以来、殺された女子学生が、夜の大学を彷徨《さまよ》い歩くんだって。でね、その姿を見た者は、三日以内に非業の死を遂げるらしいよ」

「アホらしい」

雅巳は強い口調で言った。

そんなことはあり得ない。そう何度も頭の中で念じているのに、どうしても不安が拭《ぬぐ》いきれない。

「だったら、行ってみようよ」

更紗は、こちらの返事を待つことなく、雅巳の袖を引っ張ったまま、廊下の奥に向かって歩き出した。

進むほどに闇が深くなる。

——嫌だ。

雅巳は何度も更紗の手を振り払おうとしたが、どういうわけか身体《からだ》に力が入らなかった。

足に踏ん張りが利かない。ふわふわとした真綿の上を歩いているような奇妙な感覚だった。

このまま、先に進んだら嫌なことが起こる。理屈ではなく、本能がそう言っていた。

それなのに、抗うことができない。

気付いたときには、廊下の突き当たりの部屋に辿り着いていた。

更紗が携帯電話のライトで照らす。

薄《うっす》らと辺りが明るくなる。

使用禁止になっているというのは、本当らしく、その部屋のドアには〈立入禁止〉という貼り紙が貼られていた。

それだけではない。ドアの脇には、三センチほどの高さの白い塊《かたまり》があった。これは、盛り塩だ。魔除けをする必要がある場所——ということだろう。

「ねぇ。中に入ってみない？」

更紗の提案に、頷《うなず》くことなどできなかった。

どう考えてもヤバい。こんな場所に安易に足を踏み入れてはいけない気がする。

「もういいだろ。帰ろう」

「どうして？」

どうしてと問われても、嫌だからとしか答えようがない。

「とにかく戻ろう。早く作業を終わらせないと」

雅巳は強引に話を切り替えるようにしてドアに背中を向けた。

頼りない奴だと嫌われるかもしれないが、それでいい。正直、この部屋に入るよりマシだ。

歩きだそうとした雅巳だったが、それを阻むように再び腕を摑まれた。

「離せよ」

そう言った雅巳だったが、思いがけない言葉が返ってきた。

「私、触ってないよ……」

そう答えた更紗の声は、さっきまでの陽気さが嘘のように震えていた。

触ってないって――現に、今雅巳の腕を摑んでいるじゃないか。振り返った雅巳は、悲鳴を上げることさえできなかった。

さっきまで閉まっていたはずのドアが、微かに開いていた。

そして――。

その隙間から、細い腕が伸びて雅巳の腕を摑んでいたのだ。

あり得ないほど白いその腕には、青い血管が浮きあがり、爪は黒く変色していた。

――な、何だこれ。

誰かがじっと見ていた。

髪の長い女だった――。

血走った目でこちらを睨《にら》み付けている。

「うわぁ！」

雅巳は、段ボール箱を投げ捨てると、強引に腕を摑んでいる手を振り払った。

その拍子にバランスを崩して前のめりに倒れてしまう。

膝に痛みがあったが、そんなものに構っている余裕はなかった。雅巳は、立ち上がり駆け出そうとする。

だが、それを阻むように足を摑まれた。

さっきの女かと思ったが、そうではなかった。更紗だった。

今度は、更紗がドアの隙間から伸びた腕に足を摑まれて倒れている。そこから逃れようと、雅巳の足を摑んだのだ。

「た、助けて……」

更紗が目にいっぱいの涙を浮かべながら訴える。

助けたい。助けようとした。

だが――。

ドアから覗く女と目が合った。

その途端、全ての感情が瞬時に恐怖に変貌した。気付いたときには、自分の足にしがみついている更紗を振り払い、走り出していた――。

1

「失礼します」

斉藤《さいとう》八雲《やくも》は、御子柴《みこしば》の研究室を訪れた――。

相変わらず部屋の中には、乱雑に段ボール箱が積み上げられている。本人は、適切に配置していると主張しているが、ただ散らかっているようにしか見えない。

もはや迷路と化した段ボールの壁を抜け、奥のデスクの椅子に座っている御子柴の前に立った。

「来たか」

御子柴は、ぼさぼさの髪に、白衣を纏《まと》い、口の中で棒付きの飴を転がしている。

整った容姿と、すらりとした長身から、一部の学生には白衣の王子様などと呼ばれているらしいが、パーマを失敗したような髪のせいで、野暮ったい印象がある。まあ、髪に関しては、八雲も他人のことをとやかく言えた義理ではない。

「で、今日は何の用事ですか？」

八雲は、寝グセだらけの頭をガリガリと掻きながら訊《たず》ねる。

こうして御子柴の部屋に呼び出されるようになったのは、今から五ヵ月ほど前のことだ。それから、ほぼ毎週のように呼び出されている。

普段は黒い色のコンタクトレンズで隠しているが、八雲の左眼は赤い。

ただ赤いだけではなく、他人には見えないものが見える。死者の魂——つまり幽霊だ。そのせいで、これまで散々な目に遭ってきた。

だから、大学に入ってからは大人しくしていようと決めた。

それなのに——。

ひょんなことから、幽霊が見えると御子柴に知られてしまった。

数字にしか興味のない御子柴だから、一笑に付すと思っていたのだが、なぜか御子柴は数学的に幽霊の存在の有無について検証すると言い出したのだ。

八雲は、何度も拒否したのだが、御子柴はあれこれ理屈を捏《こ》ねて、こちらの意思などお構い無しだ。

本当に、厄介な人に捕まったものだと思う。

「用事の前に、続きをやろうじゃないか」

御子柴は、そう言ってキャビネットの上に置いてあったチェス盤をデスクの上に移動する。

先週やったチェスの勝負は長期戦になり、まだ決着がついていなかった。こうやって、御子柴とチェスをやるのは定例行事みたいになっている。

「いい加減、毎回チェスをやるのは止《や》めませんか？」

八雲が提案すると、御子柴が「どうして？」と質問を返してくる。

「どうしてって——ぼくがやりたくないからです」

「お前は嘘が下手《へた》だな」

「ぼくの心情を勝手に決めつけないで下さい」

「そうムキになるな。本当は好きな癖に」

「別に好きじゃありませんよ」

「またまた。素直になれ」

「いや、本当ですって」

——全部自己都合で解釈している。

空気の読めないナルシストに口説《くど》かれている気分だ。

「よく言う。好きでないと言いながらぼくに負ける度に悔しくて、対策を立ててくる。勝負の度に、色々と戦略を試していることはお見通しだ」

御子柴は、断言するように言うと、口の中から棒付き飴を取り出し、八雲の眼前に突きつけた。

唾が飛んで来るから、本当に止めて欲しい。

「負けたくないと思うことと、好きだということは、似て非なるものです」

「同じようなものだろ」

「全然、違いますよ」

数字に細かい癖に、やたらと大雑把なところがあったりする。本当に、よく分からない人だ。

「とにかく、話は勝負をしながらだ」

御子柴はそう言ってビショップの駒を動かした。

何《いず》れにしても、八雲に選択肢はない。あれこれ言ったところで無意味だ。諦《あきら》めて近くにある丸椅子に腰掛けると、ルークを動かした。

「チェスがメインじゃないということは、心霊絡みの事件ということですね」

御子柴は、八雲を使って幽霊の存在証明をする為に、大学内に「斉藤八雲には超能力があり、心霊事件を解決できる――」などという噂を流した。

そのせいで、一ヵ月前にも心霊事件に巻き込まれたばかりだ。

「その通りだ」

自信たっぷりに言う御子柴を見て、無性に腹が立った。

「そろそろ、こんなことは止めませんか？」

「どうしてだ？」

「嫌だからです」

「駄目だ。まだ、幽霊の存在証明ができていないだろ」

御子柴のクイーンが、かなり深いところまで侵攻してきた。戦況はかなり悪い。現状は、何とか持ち堪えているといった感じだ。

「どうして、そんなに幽霊の存在を証明したいんですか？」

「興味があるからだ」

「それは、数学者としてではなく、個人的な興味という認識でよろしいですか？」

「どういう意味だ？」

クイーンの駒を持った御子柴の手が、ピタリと止まった。

「そもそも話の発端は、ぼくがここでチェスの駒を動かしたことです。御子柴先生は、ぼくに幽霊が見えていて、幽霊からの指示により駒を動かしたという仮説を立て、それを立証しようとしている」

初めてこの部屋を訪れたとき、八雲は男性の幽霊を目にした。

その幽霊が、チェス盤の駒を動かすような動作をした。八雲は、それに従って駒を動かしたのだが、それを御子柴に目撃された。

駒の動きが、かつて御子柴とある人物——多分、幽霊となってこの部屋にいた男との勝負を逆再生したものだったことから、御子柴は八雲が死者から何かしらの指示を受け取り、それに従って駒を動かしたと推測したのだ。

「それがどうした」

「御子柴先生が確かめたいのは、幽霊の存在の有無でも、ぼくに幽霊が見えるかでもなく、この部屋にいたと思われる幽霊が、何を訴えているのか——ではありませんか？」

「だったら、わざわざ検証するまでもなく、お前に訊《き》けばいい話だろう」

御子柴はクイーンの駒を盤上に置いた。

表情からは、その言葉の真意は窺い知れない。だが、御子柴の置いたクイーンの位置が、八雲の推測が正しいことを証明していた。

どう考えても悪手だ。

「御子柴先生は、慎重な人です。根拠もなく、簡単にスピリチュアルな話を信じたりしません。自分で確かめたかったんです。あのときぼくが駒を動かしたのは、偶然である可能性もゼロではありませんしね」

八雲は御子柴のクイーンをルークで奪いながら訊ねた。

クイーンを取られたことは、かなりの痛手であったはずなのに、御子柴の表情から動揺は窺えなかった。

「どうして、急にそんな話をする？」

「いいえ。ただ何となくです」

――嘘だった。

あのとき、部屋にいた男性の幽霊が、今まさに御子柴の横に立っている。

二人を見比べてみると、顔立ちが何処《どこ》か似ている。間違いなく、あの幽霊は御子柴の肉親だろう。

その肉親が、どうして未だに彷徨い続けているのか、八雲には分からない。探る手がない訳ではないが、求められてもいないのに、わざわざそれをするつもりはない。まあ、仮に求められたとしても、応じる気はないが……。

「お前は嘘が下手だな」

御子柴が、棒付きの飴を口の中でモゴモゴと転がしながら言う。

「そうですか？」

「ああ。ぼくを動揺させて、チェスに勝とうという戦略なのだろうが、詰めが甘い」

「どう甘いんですか？」

「先週の段階で、お前は極めて不利な状況にあった。挽回する為に、何かを仕掛けてくることは容易に想像がつく」

「何が言いたいんですか？」

「お前の戦略は、既に読まれていた。クイーンは、お前の油断を誘う為の餌だったんだよ」

御子柴がナイトの駒を進めた。

――やられた。

御子柴の言葉は、強がりでもはったりでもない。八雲がルークを動かしたことで、守りに隙が生じた。今のは致命の一手だった。どう足掻《あが》いても、五手以内にチェックメイトされる。

「負けました」

八雲は自分のキングを倒し、潔《いさぎよ》く敗北を宣言した。

さっきのクイーンは、動揺したことによるミスと見せかけ、八雲を誘い出す戦略だったというわけだ。

チェスだけでなく、心理戦においても敗北だ。

「珍しく素直じゃないか」

御子柴がニヤニヤしながら言う。

「ぼくは、先生と違って言い訳は嫌いなんです。負けるときは潔く」

「何だと！　それだと、ぼくが往生際が悪いみたいじゃないか！」

御子柴が両手をバンッとデスクに突いて腰を浮かせる。

「みたいじゃありません。先生は往生際が悪いんですよ。絶対に自分の負けを認めないじゃないですか」

「聞き捨てならんな。その言い方だと、ぼくが頻繁に負けているみたいじゃないか。言っておくが、お前との戦績は二十勝二敗。つまり、九〇％の確率でぼくが……」

「その話、長くなりますか？」

「なる！」

御子柴は、白衣のポケットからマーカーを取り出すと、ホワイトボードの前に移動した。

冗談ではない。八雲が負け越しているのは重々承知している。それを、数式に当て嵌めて検証などされたら、堪ったものではない。

「あの。御子柴先生の話は、大変興味深いのですが、そろそろ本題を話しませんか？」

「ふむ。そうだったな。これは、また次の機会にしよう」

御子柴は、マーカーをポケットに戻して舞い戻って来た。

「それで、どんな依頼なんですか？」

「話を持って来たのは、うちの助手である矢口《やぐち》君だ。彼女から心霊現象解決の依頼を受けた」

「矢口って、この前の人ですね」

黒髪のロングに長身で細身の女性だが、一人で小型冷蔵庫を楽々抱え上げる怪力の持ち主でもある。

整った顔立ちをしているが、表情が乏しいせいか近寄りがたい雰囲気を放っている。

「そうだ。という訳で、詳細の話は矢口君からしてもらう」

御子柴が「矢口君」と声をかけると、ドアが開き、矢口が部屋に入って来た。

胸を張り、顎を突き出すようにして歩く様は、颯爽《さっそう》としていてパリコレにでも出て来そうな立ち振る舞いだ。

御子柴のデスクの前に立った矢口は、八雲を一瞥した。

本人にその気はないのかもしれないが、見下ろされているせいか、蔑《さげす》まれているような感覚に陥る。

「後は任せた。彼に詳細を説明しておいてくれ」

御子柴は、そう言うと席を立った。

矢口の「分かりました」と応じる声は、抑揚がなく、酷く無機質だった。

だが、それよりも、八雲は別のことが気になった。

「御子柴先生は、参加しないんですか？」

さっきの御子柴の口ぶりからして、この件には絡まないという意志が感じられる。現に、立ち上がり部屋を出て行こうとしている。

「よく分かったな。今回は、ぼくは関与しない。だが、安心したまえ。検証には矢口君が参加する」

「どうしてですか？」

「矢口君は優秀だ。役に立つはずだ」

――話が嚙み合っていない。

「ぼくが言っているのは、そういうことではありません。御子柴先生が、検証に参加しない理由を訊いているんです」

これまで、いくら拒絶しても聞かず、自ら検証に参加していた御子柴が、どうして今回は他人任せにするのか。

「今回に限っては、ぼくが加わることでバイアスがかかる可能性があるからだ」

「どうしてそうなるんですか？」

バイアスをかけることを嫌うなら尚のこと、自分で検証すればいいものを。

「では、後は任せた」

御子柴は、八雲の質問を無視して部屋を出て行ってしまった。

2

「どうして、あなたなんかが御子柴先生とチェスを……」

御子柴が部屋を出て行くなり、矢口がため息交じりに口にした。さっきまでの無機質な声とは異なり、明らかな侮蔑の響きがある。

八雲を見下ろす目も、冷たさを増したような気がする。

「ぼくは迷惑しているんです。代わりたいなら、いつでも譲りますよ」

八雲が答えると、聞こえよがしに舌打ちが返ってきた。

本当に、さっきまでとはまるで別人だ。御子柴の前では、猫を被っていたということか。或いは、八雲に対して殊更《ことさら》嫌悪感を抱いているのか。

「あなたは、そんなモチベーションで御子柴先生とチェスをしていたの？」

「モチベーションも何も、無理矢理付き合わされているだけですから――」

八雲の方からチェスをやりたいと言ったことは、ただの一度もない。御子柴に強引に付き合わされているに過ぎない。

「最低ね」

――何をそんなに怒っている？

「チェスをやりたいなら、そう言えばいいだけでしょ。御子柴先生なら、喜んで相手をするんじゃないんですか？」

「あなたは、何も分かっていない」

矢口がどんっと床を強く踏んだ。八雲が足を引かなければ、踏まれるところだった。

「危ないじゃないですか」

「どうして避《よ》けるのよ」

この言い様――狙って足を踏みに来たらしい。

「どうして踏もうとするんです？」

「あなたが、御子柴先生とチェスをすることの意味を、分かっていないからよ」

「意味なんてありませんよ。ただ、暇潰しに付き合わされているだけです」

また、矢口が足を踏もうとしてきたので、八雲は立ち上がりそれをかわした。

「本当に何も分かっていないのね。あなたが最初に来たとき、チェス盤は勝負の途中だったはずよ」

「そうですね」

矢口の言う通り、チェス盤は誰かとの勝負の途中だった。

「私が知る限り、チェス盤はずっとあのままだったの。触れることも許されなかった。それなのに……」

矢口の歯がギリギリと軋《きし》んだ音を立てる。

——なるほど。

御子柴のチェス盤は、勝負の途中で放置されたままになっていた。そこに、何かしらの強い思い入れがあってのことだろう。

だから、矢口には触ることすら許さなかった。

それなのに、このところ御子柴は八雲とチェスの勝負を繰り返している。矢口はそのことが面白くないのだ。

八雲に対する矢口の態度が冷たい理由に納得した。御子柴の前では、平静を保っていることを考えると、矢口が抱いている感情はおそらく——。

「嫉妬するなら、相手を間違えていますよ」

「は？」

「ぼくに嫉妬しているんですよね。安心して下さい。ぼくと御子柴先生は、あなたが想像するような関係ではありません」

「あんたバカ？」

矢口の顔が、変顔でもしているかのように歪んだ。

無表情の鉄仮面だと思っていたが、意外と表情は豊かなようだ。

「違いましたか？　ぼくはてっきり嫉妬しているのかと……」

「嫉妬？　私がそんな矮小《わいしょう》な感情に流されるとでも思っているの？」

——充分流されていると思う。

自覚していない以上、追及したところで話が拗《こじ》れるだけだ。

「じゃあ、何なんですか？」

「御子柴先生ほどの人が、あなたのような得体の知れない人間とのチェスで、時間を浪費していることが許せないのよ」

「本人が楽しんでいるなら、いいんじゃないんですか？」

「あなたは、何も分かってない！」

矢口が叫びながら八雲を指差した。

「何が言いたいんです？」

「分からないの？」

「分からないから訊いてるんですよ」

「御子柴先生の頭脳は日本の——いや世界の宝なの！　これから、多くの難問を解決し、やがては歴史に名を連ねるべき逸材なの！　それを、学生とのチェスに興じるなんて、時間の無駄以外のなにものでもないわ！」

矢口は顔を赤くし、息を切らしている。

途中から薄々は感じていたが、矢口はかなり面倒臭いタイプだ。こうも裏表が激しい人間は、そうそうお目にかかれない。

「そうですね。ぼくも同感です。時間の無駄だと思います」

「分かったなら、さっさとこんなことは止めて」

「ぼくも、御子柴先生とのチェスを止めたいと思っているので、矢口さんの方から伝えておいて下さい」

また舌打ちが返ってきた。

「もう伝えたわよ。でも、聞く耳を持ってもらえないから、あなたの方から別れを切り出してと言っているの」

「別れって……」

——恋愛のいざこざに巻き込まれた気分だ。

相手が御子柴だからという訳ではなく、八雲に恋愛をするつもりはない。はっきり言って面倒臭い。

「とにかく、今回の一件が終わったら、御子柴先生に近付かないと約束して」

矢口が指で八雲の胸を押す。

「別に構いませんよ。ぼくの方からは近付きません」

「何その言い方。御子柴先生の方から来たら、拒まないってこと？」

——いや。もうマジで面倒臭い。

「そんなに御子柴先生が好きなら、交際を申し込んだらどうです？」

呆れながら口にすると、その途端、矢口の顔がさっと青ざめ、表情が全て消え去った。

この反応——触れてはいけない話題だったのかもしれない。

「そんなこと、許されるはずないでしょ」

矢口は、八雲から視線を逸らし、これまでとはうって変わって弱々しく口にした。

どうにも反応がちぐはぐな感じがする。

「許されないとは？　誰かに御子柴先生との交際を反対されているんですか？」

「私は、誰かに言われたくらいで、自分の気持ちを曲げたりしない」

——でしょうね。

これまでのやり取りで、矢口が強気な性格であることは充分過ぎるほどに理解できた。誰に何と言われようと、これだと思ったら、自分の意志を貫くだろう。

「だったら、ご自身の思った通りにすればいいじゃないですか」

「駄目。そんなことは許されない。誰あろう、私自身が絶対に許さない」

さっきから言っていることがめちゃくちゃだ。

「もしかして、あなたと交際することが、御子柴先生にとって有益ではないとか、そんな風に思っています？」

「あなたは、本当に的外れね」

矢口は髪を掻き上げたあと、腰に手を当てて八雲を見下ろす。

違う。八雲が的外れなのではなく、矢口の思考に一貫性がないから、こちらが混乱しているのだ。

「何が的外れなんですか？　あなたは、自信がないから、御子柴先生に想いを告げられないとか、そういうことじゃないんですか？」

「全然違うわ。言っておくけど、御子柴先生の交際相手として、私ほどの適任者はいないわ。優秀な遺伝子を後世に残すという意味においても、パートナーとして御子柴先生が私を選択することは、ベストと言っていい」

――自意識の塊だな。

よくもまあ、こんなことを真顔で言えるものだ。ここまでくると、逆に尊敬の念すら抱いてしまう。

ただ、そうなるとさっきまでの発言との間に矛盾が生まれる。

「だったら、何の問題もないじゃないですか」

「あるのよ――」

矢口が長い睫《まつげ》を伏せた。

事情を聞いて欲しそうにしている気もするが、正直、御子柴と矢口がどうなろうと、知ったことではない。

相談料が貰えるなら、話くらいは聞くが、そうでないなら、これ以上、この話を続けることは時間の無駄だ。

「御子柴先生とのチェスの件は、もう一度、ぼくから止めるように提案してみます。それより、そろそろ本題に入りませんか？」

心霊現象に関する詳細を矢口から聞くはずが、彼女が妙に突っかかってきたせいで話が逸れてしまった。

早く片付けて終わりにしたいというのが本音だ。

「そうね」

矢口も話が逸れていることを自覚したのか、苦笑いを浮かべつつ答えた。

「で、どんな内容なんですか？」

「これは呪《のろ》いなの——」

「呪い？」

「そう。幽霊の呪いよ」

矢口の声が、部屋の中に不穏に響いた。

3

八雲は、矢口の背中を追いかけるようにして歩いた。

事件の詳細については、心霊現象があった場所まで移動しながら説明するということになった——はずだが、矢口は無言のまま歩き続けている。

そのうち話すだろうと、八雲は黙ってそれに付き従った。

学園祭が近いこともあり、校内のあちこちで設営などの準備をしている学生の姿があった。みな楽しそうにしているが、八雲には無縁の話だ。誰かと親交を深める為に大学に来た訳ではない。

「良かったら、演奏会聴きに来て下さい」

急に声をかけられた。

目を向けると、ショートカットの女性が、爽やかな笑みを浮かべながらチラシを差し出していた。学園祭中に行われる、オーケストラサークルの演奏会の概要が記されたものだった。通りすがる人に、片っ端からチラシを配っているのだろう。ご苦労なことだ。

残念ながら音楽には疎い。聴きに行ったところで居眠りするのがオチだ。無視して歩き去ろうとした八雲だったが、思わず足を止めた。

チラシを差し出しているショートカットの女性に目を惹かれたからではない。彼女の傍《かたわ》らに、七歳くらいの少女の姿を見たからだ。

とても心配そうに、ショートカットの女性を見上げている。

だが、チラシを持った女性は、そのことに気付く様子もない。いや、正確には見えていないのだろう。

左眼を隠して確認してみる。やはりそうだ。この少女は生きた人間ではない。幽霊となって、ショートカットの女性を見守っているのだろう。顔立ちが似ているし、おそらくは肉親だろう。

「何をしているの？」

矢口に声をかけられ、八雲は苦笑いを浮かべる。

ショートカットの女性が幽霊に憑依《ひょうい》されていようが、いまいが関係ない。御子柴ではないが、自分にとって利得にならないことには、関わらない方がいい。

「興味ないんで」

八雲は、短く答えてチラシの受け取りを拒否すると、再び歩き出した。

途中で振り返ると、さっきのショートカットの女性は、次の学生にチラシを渡していた。通りすがる人のことなど瞬時に忘れ去っていくものだ。

ただ――。

傍らにいた少女の幽霊は、じっと八雲の方を見つめていた。

多分、八雲が見えることに気付いたのだろう。

――そんな顔をするな。ぼくには、何もしてやれない。

八雲は内心で呟き、視線を断ち切るように前を向いて歩き出した。

「あそこが、幽霊が出た場所よ」

しばらく進んだところで矢口が足を止め、目の前にあるB棟と呼ばれる校舎を指差した。八雲が住処《すみか》にしているプレハブのすぐ近くだ。

四階建ての平べったい構造の校舎だ。何度か修繕されていて、外観はクリーム色の壁をしており、綺麗に見えるが、確か大学創設当時からある古い建物だったはずだ。

「ああ。そういえば、B棟は出るって噂がありましたね」

八雲が言うと、矢口が怪訝《けげん》な表情を浮かべる。

「あなたも幽霊を見たの？」

「いいえ。噂で聞いただけです」

以前、食堂で昼食をとっているときに、近くにいた学生たちがそんな話で盛り上がっていた気がする。

「確かめようとは思わなかったの？　あなたは見えるんでしょ？」

見えない側の人間は、こういうことを平気で言う。

さっき見た少女の幽霊にしてもそうだが、見たくて幽霊を見ている訳じゃない。見えてしまうのだ。

しかも、見えるだけで何ができるというわけでもない。

いちいち、全部に関わっていたら、こっちの身体と心が保《も》たない。できるだけ見ないようにして過ごすのが得策だ。

だが、そんなことを言っても、理解されないだろう。

「怖いの嫌いなんですよ」

八雲が冗談めかして言うと、矢口は呆れたようにため息を吐《つ》いた。

「あなたって嘘ばかりね」

「お互い様ですよね」

「私は嘘なんて吐かない」

矢口は力強く言ったが、それこそが嘘だ。

世の中、一度も嘘を吐かずに一生を終える人間など一人もいない。それに、嘘を吐かずに生きている人間が本当にいるとしたら、その人間は怖ろしいまでに利己的だと思う。

「とにかく、中に入るわよ」

矢口は再び歩き出し、そのままＢ棟に入って行く。八雲も、その後に続いた。

古いだけあって、エレベーターはない。四階まで階段で上ることになった。御子柴がいなくて良かったと思う。もしいれば、おんぶだ、抱っこだ——と子どもみたいな駄々を捏ねるのが目に見えている。

「三日前に、雅巳という男子学生と、更紗という女子学生が、屋上から垂らす垂れ幕を運ぶ為に、夜にＢ棟に入ったの」

階段を上りながら矢口が説明を始める。

「ああ」

Ｂ棟にはかかっていなかったが、校舎の他の棟には学園祭に向けて、垂れ幕がかかっていた。学園祭には一切関わっていないので、学生が垂れ幕を設置していたことを初めて知った。

「二人は、四階まで来たところで、この校舎に幽霊が出る開かずの部屋があるという噂を思い出し、行ってみることにしたそうよ」

矢口は、僅かに息を切らしながら階段を上っていく。

「悪《わる》のりですね……」

そういう軽い気持ちで心霊スポットを訪れるから、トラブルに巻き込まれることになる。

愚かな行為ではあるが、それは見えないからできることでもある。見えないということは、知らないということだ。

「同感よ。四階の一番奥の部屋の前まで足を運んだところで、雅巳という学生が異変に気付いた」

「どんな異変です？」

「誰かに摑まれている——そう感じたそうよ。目を向けてみると、閉鎖されていたはずの部屋の中から、女の手が伸びていて、腕を摑んでいた」

「それで」

「彼は、その腕を振り払って、慌てて逃げようとしたけど、今度は更紗の方が捕まった」

「それで？」

「雅巳という学生は、更紗を——彼女を置き去りにして逃げた」

八雲は思わずため息を吐いた。

本当にうんざりする。こういう極限状態に陥ったとき、とかく男は自分だけ逃げ切ろうとする傾向がある。

自分さえ助かれば、それでいいという利己的な考えが働くようだ。

「それで、置き去りにされた女性は、どうなったんですか？」

「翌日、件《くだん》の部屋で発見されたそうよ」

矢口はそこまで言って足を止めた。

気付けば、四階のフロアに着いていた。

このフロアは、ほとんどの部屋が使用されていないらしく、外の喧噪とは打って変わって静まり返っていた。

換気が悪いせいか、空気が淀《よど》んでいて息苦しさも感じる。

「翌日ってことは、雅巳という学生は、一晩以上更紗という女性を放置したということですか？」

「ええ。信じられないことにね」

矢口は返事をしながら、廊下を歩き始めた。

「引き返すでも、誰かに助けを求めるでもなく、ただ放置するとは……」

幽霊に驚き、逃げるまでは仕方ないにしても、その後、何もしなかったとなると、臆病とかそういう問題ではなく、人としてどうかと思う。

「家に帰って、怖くて震えていたらしいわ」

矢口が力なく首を左右に振った。

「身勝手ですね」

「同感よ。それで、更紗と連絡が取れない友人たちが心配して、最後に一緒にいた雅巳に事情を聞き事態が発覚。開かずの部屋に捜しに来たそうよ」

矢口が足を止めて、目の前にあるドアを指差した。

廊下の一番奥にある部屋だ。

「それが、この部屋という訳ですか」

「ええ。更紗の友人たちが部屋の前に来たとき、ドアの鍵は閉まっていたらしいの。ここの部屋の鍵は、外からしか施錠できない構造になっている。でも、中に誰かがいる気配がする。そこで、学生課に足を運び、ドアの鍵を開けて中に入った」

「そして更紗さんを発見した」

「そう。おかしいことに気付かない？」

矢口が八雲を流し見る。

「いいえ」

本当は気付いているが、敢えて素知らぬふりをした。

余計なことを言いたくなかった。言わんとしていることは分かるが、口に出せば話がややこしくなるだけだ。

「あなたって、意外と抜けているのね」

「そうですか？」

「さっきも言った通り、この部屋は外側からしか施錠できない。それなのに、更紗は施錠された部屋の中にいた。つまり、この部屋は密室だったの——」

——どうでもいい。

八雲は思わず内心で呟いた。八雲が依頼されたのは、殺人事件ではなく、心霊事件の解決だ。密室であるか否かは、あまり関係がない。

「あまり驚かないのね？」

「そんなことありませんよ。わー密室だったなんて驚きです」

自分でも笑ってしまうくらい、感情が籠もらなかった。

「つまらないお芝居ね。少しくらい興味が湧くと思ったんだけど……」

「期待に沿えずにすみません。でも、この部屋は密室の要件を満たしていません」

「なぜ？」

「誰でも出入りが可能だからです」

「鍵がなければ入れないわよ」

「大学の教室の鍵なんて、いくらでも借りることが可能です。それをしなかったとしても、このドアは古いシリンダータイプの鍵です。スペアを作ることくらい造作もありません。ピッキングでもいい」

「まあそうね」

「ついでに言えば、更紗という女性が発見されるまで、かなりの時間がありました。その間、誰かが監視していた訳でもありません。どうとでもなりますよ」

誰かが夜通し見張っていた訳でもないし、防犯カメラが設置されている訳でもない。発見されるまで、かなりの時間があったのだ。そんな状況下において、密室だったと主張されても困る。

「でも、幽霊によって引《ひ》き摺《ず》り込まれたという可能性も否定できないはずよ」

矢口がムキになって言う。

「無理だと思います」

「どうして？」

「ぼくの経験上、幽霊は死んだ人間の思念――想いの塊で物理的な影響を及ぼさない。だから、こちらから触れることができない。逆もまた然《しか》りで、向こうから触れることもできないんです」

「つまり、更紗という女性が鍵の閉まった部屋の中にいたのは、生きた人間によって行われた可能性が高い――ということね」

「そうです。もう一つ、彼女自身によって実行されたという可能性も否定できません」

心霊現象にあったかのように見せかけて、自分で部屋に入って何かしらの方法で鍵を閉め、意識を失ったふりをしていたということもあり得る。

「自作自演という訳ね。でも、妙なことは、それだけじゃないの」

「何です？」

「見てもらえば分かるわ」

矢口が、中に入るように視線で促した。

ここから先は、一人で行け――と言っているようだ。

八雲は、面倒だと思いながらもドアノブに手をかけ、ゆっくりと回した。カチャッとノブが動く音とともにドアが開いた。

カーテンが引いてあるらしく、中は廊下よりはるかに暗かった。

長い間、使われていなかったこともあって、埃《ほこり》が充満していて、息をするだけで噎《む》せ返りそうだった。

がらんとした空間で、壁の隅にデスクが四台置かれていた。

部屋の中央辺りに、黒い染みのようなものがある。焦げ痕かと思ったが違った。これは、たぶん血痕だ。

どうしてこんなところに血痕が？

考えを巡らせつつ、部屋を見回した八雲は、さらに奇妙なものを見つけた。

壁に備え付けられた大型の黒板に、文字が書かれていた。

チョークの類《たぐ》いで書いてあったのなら、さして気にしなかったかもしれない。だが、黒板には赤黒い染料で文字が記されていた。

〈私は、あなたを許さない〉

八雲は黒板に歩み寄り、文字に顔を近付けてじっくり観察しつつ臭《にお》いを嗅いでみた。これは――。

「血——」

黒板に血で文字が書いてあるのだ。

ふと背後に人の気配を感じた。矢口かと思って振り返ったのだが、そうではなかった。そこにいたのは、一人の女性だった。

年齢は二十歳《はたち》前後くらいだろう。小柄でとても痩せた女性だった。

「あなたは……」

八雲が問い掛けると同時に、その女性はふっと姿を消した。

気付いていたことではあるが、あれは間違いなく死者の魂——幽霊だ。

「何かあったの？」

矢口が問い掛けてきたが、八雲は「いえ。何も」と首を左右に振った。一瞬、女性の幽霊の姿を見ただけだ。現段階であれこれ口にするのは得策ではない。

御子柴流に言うなら、バイアスをかけない為にも、ここは口を閉ざしておく方がいいだろう。

「それより、発見された更紗さんは、その後どうなんですか？」

八雲が訊ねると、矢口の表情が一気に暗くなった。

「あまりいい状態とは言えないわね」

「具体的にお願いします」

「ずっと眠り続けているの。時折、目を覚ますのだけど、突然、意味不明なことを口走り暴れる。手が付けられない状態よ」

「そうですか……」

「私は、専門家ではないけど、まるで、呪いにでもかけられたようね。『エクソシスト』に出てくる少女みたいに」

「呪い――ですか」

八雲は苦笑いを浮かべつつ、寝グセだらけの頭をガリガリと掻いた。

幽霊の話の喩えに、悪魔祓《ばら》いであるエクソシストを持ち出されても困る。両者は全く別のものなのだ。

「あなたはどう思う？」

「実際に、見てみないと何とも言えません」

「まあ、そうなるわね」

「会ってみたいのですが、可能でしょうか？」

「手配するわ」

そう言って矢口は戸口を離れて歩いて行ってしまった。

八雲は、改めて黒板に書かれた文字に向き直る。これを書いたのは、幽霊ではない。生きた人間だ。

なぜ、こんなものを書く必要があったのか？

そして、さっき姿を現した女性の幽霊は、いったい何を訴えていたのか？

考えるほどに、嫌な予感が広がった。

4

「邪魔するぜ」

後藤《ごとう》和利《かずとし》が〈映画研究同好会〉の部屋に姿を現したのは、夜になってからだった。

熊のような体格で、いかつい顔立ちをしているが、こう見えて現職の警察官だ。また何日も警察署に泊まり込んだらしく、スーツはよれよれだし、無精髭も生えている。

「邪魔だと分かっているなら、さっさと帰って下さい」

八雲が手を払いながら言うと、後藤は「お前が呼び出したんだろうが！」と、顔を真っ赤にして怒声を上げる。

激情型の後藤らしい反応だ。

「そうでしたか？」

「惚《とぼ》けやがって。てめぇ、ぶっ殺すぞ！」

「現職の警察官が殺害予告とは、物騒な世の中ですね」

八雲は、携帯電話を取り出して三桁の番号を押して、電話をかけた。

「何処に電話してるんだ？」

「現職の警察官から、恐喝されていると通報しようと思いまして」

言い終わるやいなや、後藤が八雲から強引に携帯電話を奪い取った。

「何でもねぇ。間違い電話だ」

慌てた口調で弁明の言葉を並べる後藤だったが、すぐに異変に気付いたらしく、表情が硬くなった。

「てめぇ。時報じゃねぇか」

苦々しく言いながら、後藤が携帯電話を返してきた。

こんな下らないやり取りで一一〇番通報するほどアホではない。そんなものは税金の無駄遣いだ。

「警察に電話をしたなんて、誰も言ってませんよ」

「そういうのを屁理屈って言うんだよ。ふざけやがって」

「別にふざけてはいませんよ。見境なく殺害予告をする悪徳警察官に、教育的指導を与えていたんです」

「ああ、もういい。悪かったよ」

後藤は、これ以上の反論を諦めたのか、ため息を吐きつつ向かいにあるパイプ椅子に腰を下ろした。

「で、今度は何の用だ?」

後藤は腕組みをしつつ訊ねてくる。

「少し、調べて頂きたいことがあるんです」

「またかよ」

「ぼくにも、色々とあるんですよ」

「あの白衣の先生か？」

直接、会話はしていないが、何度か現場で顔を合わせている。それが続いているのだから、察しがつくのは当然だ。

「まあ、そんなところです」

「いい先生じゃねぇか」

後藤は、しみじみといった感じで口にする。

「は？　本気で言ってます？」

「本気だ」

「自分の生徒に、検証だと称して心霊絡みの事件を丸投げするような人が、いい教師だとは思いませんね」

八雲は至極真っ当なことを言ったはずだが、なぜか後藤が笑った。

「お前のことを気にかけている証拠だろ」

「違いますよ。単に、自分の研究の為に、ぼくの体質を利用しているだけです。後藤さんと一緒で――」

刑事である後藤も、御子柴と同じように、これまで何度も心霊絡みの事件の解決を八雲に依頼してきた。

気味悪がったり、同情されるよりは気が楽だが、後藤も御子柴も用があるのは、八雲の体質であって、八雲自身ではない。

「まだ、そんなこと言ってんのか？」

「それが事実でしょ」

後藤は、なぜか軽く舌打ちをした。

お前は何も分かっていない——そう指摘されているようだった。だが、八雲は自分が間違えているとは思っていない。

後藤にしても、御子柴にしても、興味があるのは幽霊が見える赤い左眼であって、八雲自身ではない。

都合がいいから利用している。それ以上でも、それ以下でもない。あたかも、他の感情があるかのように振る舞っているのは、利己的な己の言動を正当化しようとしているだけだ。

「反論があるならどうぞ」

八雲が促すと、後藤は少し考えるような素振りをしたあと、首を左右に振る。

「ねぇよ。こういうのは、自分で気付かないと意味がねぇからな」

「後藤さんの癖に、意味深長な発言はしないで下さい。どうせ、中身がないんですから」

「何だと！」

「デカい声を出さないで下さい」

耳を塞ぎながら主張すると、後藤は諦めたらしく長いため息を吐いた。

「まあいい。それで、何を調べればいいんだ？」

後藤は不満そうだったが、これ以上の議論は無駄だと判断したらしく、話を本題に戻した。

「明政《めいせい》大学のＢ棟で過去に殺人事件があったという噂があります。その真偽を確かめたいんです」

「それなら事実だぜ」

後藤が即答した。

すぐに出てくるということは、相当に騒がれた事件ということになる。だが、八雲はそうした事件があったという記憶がない。

「どれくらい前の話ですか？」

「確か、十五年くらい前だったはずだ」

十五年前といえば、八雲はまだ四歳だ。事件の記憶がなくて当然だ。

「そうですか」

「俺は、まだ駆け出しで、交番勤務だったから直接事件にかかわっちゃいないが、大学内の殺人ってことで、騒ぎになったのは覚えている」

後藤は感慨深げに、うんうんと何度も頷いた。

ふと、後藤が交番勤務だった頃の姿が頭に浮かんだ。想像したのではない。実際の記憶だ。

八雲が後藤と出会ったのは、八雲がまだ七歳のときだった。自らの母親に殺されそうになった八雲を助けてくれたのが、当時、交番勤務だった後藤だった。

後藤が駆けつけなければ、八雲は間違いなくあの日、死んでいた――。

ただ、そこに感謝の気持ちはない。あのとき、死んでいれば楽だったのに――と今でもときどき思う。

御子柴から、自分の生死に無頓着だという指摘をされたが、そうなる原因は、おそらくあの日の記憶によるものなのだろう。

母親に殺されかけたような人間に、生きている価値があるのだろうかと感じてしまう。

「その事件は、結局、どうなったんですか？」

八雲は沈みかけた気持ちを振り払って、後藤に訊ねる。

「確か、何とかって大学の助教授が重要参考人として、何度も事情聴取を受けたはずだ……」

「助教授？」

「ああ。段々思い出してきたぞ。名前は思い出せんが、被害者のゼミの担任だったたって話で、マスコミが面白おかしく書き立ててたな」

後藤は回想するように目を細める。

喋ることで、当時の記憶が蘇ってくるというのはよくあることだ。

「結局、逮捕はされたんですか？」

「されてなかったと思うが……その辺は詳しく調べてみないと分からないな」

「お願いできますか？」

「ああ。もしかして、お前が今抱えているのは、十五年前の殺人事件に関連しているのか？」

「まだ断定はできませんが、殺人事件があったのが事実だとすると、その可能性が極めて高いです」

「また厄介だな」

「ええ」

事故や病気などで死んだ人間と、誰かの悪意によって命を奪われた者とでは、抱えている闇の深さが全然違う。

その分、殺人事件による心霊現象の調査には手間がかかるし危険も伴う。ただ、首を突っ込んでしまった以上、今さら後戻りはできない。

「それで、他にもあるんだろ」

後藤がずいっと身を乗り出して来た。

確かに、後藤を呼び出した理由は、殺人事件の情報が欲しかったからだけではない。

「よく分かりましたね」

「今の話だけなら、電話で済むからな」

「後藤さんにしては上出来です」

「バカにしてんのか？」

「もちろん」

「てめぇ！　本当にぶっ殺すぞ！」

激昂する後藤に、八雲は長いため息を返した。

「また同じやり取りをする気ですか？　学習しない人ですね」

「お前のせいだろ。で、何だ？」

「実は、心霊現象の起きた場所に、こんなものが残されていました」

口で説明するより、見てもらった方が早い。八雲は携帯電話を取り出し、ディスプレイに例の部屋で撮影した黒板の写真を表示させた。

「私は、あなたを許さない——何だこりゃ？」

後藤は、黒板に書かれた文字を読み上げながら八雲に訊ねてくる。

「さあ。まだ詳しいことは分かっていません」

「待てよ。これは……もしかして、血液で書いてあるのか？」

腐っても警察官だ。黒板の文字の色から、血液で書かれた可能性に行き当たったようだ。

「多分、そうだと思われます。ただ、確証がありません。そこで、黒板に書かれた文字が、何で書かれているかを確かめて欲しいんです。これ、件の部屋の鍵です」

八雲は、部屋の鍵を後藤に投げ渡した。

「分かった。気は進まねぇが、畠《はた》の爺《じじい》に頼んでみるか……」

「誰です？」

「仕事を趣味だと言い切る、変態監察医の爺だよ。人格はあれだが、腕だけは確かだ。なるはやで調べておく」

後藤はそう言い残すと部屋を出て行った——。

ドアが閉まるのと同時に、八雲は髪を掻き上げて天井を振り仰いだ。

蛍光灯の明かりが、妙に眩しく感じられた。

八雲の脳裏に、母親の顔がフラッシュバックした。

覆い被さるようにして、八雲の首を締め上げる母親の顔は、とても哀しげだった。それが、正しい記憶なのか、都合よく改竄《かいざん》されたものなのか、判断することはできなかった。

5

矢口が〈映画研究同好会〉の部屋を訪ねて来たのは、翌日の朝早くだった。

訪ねて来るというと語弊がある。勝手に部屋に入って来ただけでなく、寝袋で眠っている八雲を起こすことなく、ただじっと座って待っていたのだ。

目を覚まし、椅子に座っている矢口の姿を見たときは、流石《さすが》に面喰らった。

「こんなところで、何をしているんですか？」

寝袋から起き出しつつ疑問をぶつけてみたが、当の矢口は一切動じることなく「さっさと行くわよ」と言い放った。

「何処にです？」

そう訊ねると、矢口は「あなたが会いたいと言ったんでしょ」と言葉を尖らせた。

だったら最初からそう言えばいい。矢口にしろ、御子柴にしろ、決定的に言葉が足りないのだ。

ただ、文句を言っても聞く耳は持たないだろう。八雲は簡単に身仕度を済ませて矢口と部屋を出た。

矢口に案内されて到着したのは、大学から徒歩十分ほどのところにある一軒家だった。

高い塀に囲まれていて、陸屋根《ろくやね》式の瀟洒《しょうしゃ》な建物だった。周囲の家と比べて倍くらいの広さがある。

「ここよ」

矢口はインターホンを押すことなく門を開け、そのままずかずかと入って行く。

「呼び鈴とか押さなくていいんですか？」

八雲は、矢口の背中を追いかけて門を潜《くぐ》りながら訊ねる。

事前に来意を伝えてあるにしても、いきなり敷地の中に入って行くのは失礼だ。

「下らないことを言わないで。ここは私の家なのだから、わざわざ呼び鈴なんて押す必要はないわ」

「矢口さんの家？」

「そうよ。更紗は私の妹なの」

――初耳だ。

そんなことはひと言も言っていなかった。

「そういうことは、最初に言って下さい」

「訊ねられていないことを、わざわざ教えるほど暇じゃないの」

——どういう言い草だ。

さすが御子柴の助手とでも言うべきか。なかなかの曲者《くせもの》だ。ここまでくると、腹が立つより呆れてしまう。

「それは失礼しました。次からは確認するようにします」

「意外と素直なのね」

「あなたと議論するのは不毛だと理解しただけです」

「それ嫌み？」

「どうして嫌みになるんです？　屁理屈を捏ねた自覚でもあるんですか？」

「あなたって、本当に嫌な奴ね」

矢口は八雲を一瞥すると、そのまま玄関のドアを開けて家の中に入って行く。

——あなたに言われる筋合いはない。

これまでの矢口の言動は、御子柴に勝るとも劣らない、理不尽極まりないものばかりだった。まあ、その自覚がないからこそ、こういうことが平気で言えるのだろう。

玄関ホールは吹き抜けになっていて、かなり開放感がある。壁や柱に至るまで、趣向が凝らされている。これだけの家を建てるのだから、裕福な家庭なのだろう。

「上がって」

「はい」

矢口に促されて靴を脱いだところで、八雲はふと動きを止めた。

玄関ホールに飾ってある肖像画が目に留まったからだ。しかめっ面《つら》をした男性が描かれていて、〈矢口浩造《こうぞう》〉という名前が確認できた。

「矢口浩造さん」

八雲が口にすると、矢口は嫌そうに顔をしかめた。

「私の祖父よ」

矢口浩造は、明政大学の副学長を務める人物だ。そうした人物を祖父に持つからこその豪邸なのだろう。

ただ、今の反応からして、祖父のことを快くは思っていないようだ。ならば、そこを少し掘り下げてみるか。

「矢口副学長は、学問における功績もさることながら、広い人脈もお持ちです。立派な方ですよね」

「心にもないことを……」

「どうしてです？　ぼくは抱いている印象を素直にお話ししているだけです」

もちろん嘘だ。

矢口浩造について八雲が持っている知識は、名前が全てと言っていい。

「あんなクズを立派だと表現するなんて、あなたの頭はどうかしているわ」

「どうしてそこまで毛嫌いするのですか？　誇るべきことではありませんか？」

「誇れる訳ないでしょ……」

矢口が視線を逸らした。

ここまで強く拒絶反応を示すのは、祖父に対して強いコンプレックスを抱いているからなのかもしれない。

ただ、それは甘えに過ぎない。そんなに嫌なら家を出ればいいのに、こうやって居座っている。

「誇るべきですよ。次期学長になるのは、矢口副学長で間違いないでしょう。学長の孫なんて羨ましい限りです」

「止めて！」

矢口が珍しく、突き刺さるような金切り声を上げた。

少し揺さぶりをかけるだけのつもりが、溜まっていた鬱憤を晴らすように、しつこく突っ込んでしまった。

だからといって、詫びる気にもならない。

「…………」

「祖父が学長になるなんて、あり得ないわ」

矢口は気持ちを切り替えるように、深呼吸をしてから口にする。

「どうしてです？」

「まだ公表はしていないけど、祖父はアルツハイマー型の認知症を患っているの」

病気のことが、祖父との軋轢《あつれき》の原因かもしれないと思ったが、すぐにその考えを打ち消した。たぶん、根拠はないが、問題はもっと別のところにある気がした。

「とにかく行くわよ」

矢口は話を断ち切るように言うと、玄関ホールを抜けて階段を上って行く。八雲も黙ってその後に続いた。

二階に上がり、突き当たりの部屋の前まで来たところで矢口が足を止める。

「ここに更紗がいるわ。かなりおかしな言動を繰り返していて、まともに会話できる状態じゃないの」

「構いません。まずは状況を確かめておきたいので」

「そう――」

矢口は短く答えると、ノックをしてからドアを開けた。

カーテンが引かれているせいか、部屋の中は仄暗かった。久しく換気もしていないらしく、空気が淀んでいる。

部屋の奥に置かれたベッドの上で、一人の女性が仰向けに眠っていた。

その女性は、お腹《なか》の上で手を合わせ、微動だにしない。魔女のリンゴで眠りについた姫を連想させる。

「更紗は、あの一件から、ずっと眠ったままなの。時々、目を覚ますこともあるけど、訳の分からないことを口走る。まるで、更紗の身体に別の人間の魂が入っているかのように――」

自分の妹のことであるにもかかわらず、矢口の口調は極めて事務的だった。まあ、彼女のこれまでの言動を見る限り、常にこういう態度なのだが……。

「どんなことを口走るんですか？」

八雲は訊ねながら更紗に歩み寄る。

「私は、あなたを許さない——あの黒板に書いてあったのと同じ台詞《せりふ》よ」

「そうですか……」

答えながら更紗の顔を覗き込む。顔立ちは、矢口によく似ているが、受ける印象は大きく違う。

眠った状態だからかもしれないが、どこか儚げだ。

「更紗さん。聞こえていますか？」

八雲が声をかけると、彼女がゆっくりと瞼《まぶた》を開いた。

瞳が青みがかっているように見える。元々の色ではなく、カラーコンタクトレンズを入れている。

「許せない……」

更紗が呻《うめ》くような声で言う。

「何が許せないのですか？」

「私を……殺した……。何もしていないのに……許せない……」

「あなたを殺したのは誰ですか？」

「や……ぃ……」

声が弱々しく掠《かす》れているせいで、よく聞き取れない。

「もう一度……」

八雲は、更紗の口許に耳を近付ける。彼女は、再び声を発した。今度は、何とかその言葉を聞き取ることができた。

——なるほど。

そういうことかと、八雲はようやく全てに納得した。

「妹を助けることはできる？」

矢口が真っ直ぐに八雲に目を向けながら訊ねてくる。

その視線は、妹を案ずる姉のものとはかけ離れていた。もっと別の何か——。

「今のところ何とも言えません」

「それは、本気で言っているの？」

「どういう意味です？」

「私には、あなたが何かを摑んでいるように見えるけど」

八雲は首を振ってみせた。

まだ推測の段階でしかない。ここで余計なことを言えば、事態をより一層、悪化させることになる。

「いえ。今は言えることはありません。余計なバイアスをかけたくありませんから——」

「そう」

「では、今日のところは失礼します」

八雲はそれだけ告げると、さっさと更紗の部屋を出た。そのまま足早に階段を下りて玄関に向かう。

「次はどうするの？」

八雲が靴を履いているときに、矢口が声をかけてきた。

「もう一人、心霊現象を体験した雅巳という人と話をしたいのですが、連絡を取ることはできますか？」

「ええ。連絡先は聞いているから、コンタクトを取ってみるわ」

「コンタクトは、ぼくから取りますので、連絡先だけ教えてもらえますか？」

八雲の回答に納得できないのか、矢口が怪訝な表情を浮かべる。

「私が同行することを避けているみたいね」

「正解です」

八雲はきっぱりと口にする。

「どういうつもり？　私が一緒だと邪魔になるとでも言いたいの？」

「あなたに限らず、御子柴先生にしても、一緒に行動されるのは、正直、迷惑なんですよね」

「あなた、よくも平然とそういうことが言えるわね」

「根が正直者なんですよ。という訳で、雅巳さんの連絡先を教えて下さい」

「それはできないわ。言っておくけど、連絡先は立派な個人情報なの。本人に承諾なく教える訳にはいかないわ」

意外と真面目な性格のようだ。

ただ、こういう反応になるのは、最初から想定内だ。

「分かりました。では、承諾を取って下さい。今ここで」

八雲が告げると、矢口は「せっかちね」とぼやきながらも、携帯電話を手に取り、電話をかけ始めた。

電話の相手が出たらしく、矢口は事情説明を始めた。しばらくして、電話を終えた矢口は、携帯電話を八雲の方に差し出して来た。

画面には、携帯電話の番号が表示されている。

「これが、彼の番号よ。聞いていたと思うけど、あなたから連絡が行くことは、伝えてあるわ」

「助かります」

八雲は、その番号を携帯電話のメモに記録すると、矢口に背中を向けた。

「で、このあと私は、あなたの連絡を待っていればいいの？」

「まあ、そんなところです。取り敢えず、妹さんに付き添ってあげて下さい。何か異変があったら連絡を」

早口に告げると、八雲は逃げるように家の外に出た。

そのまま門のところまで向かった八雲は、外に出る素振りを見せつつ家の方を振り返る。二階にカーテンの閉められた窓が見えた。あれが更紗の部屋だ。

玄関のドアの前には矢口の姿があり、挑むような視線を八雲に向けている。

――怖いね。

八雲は、内心で呟きつつ門を開けて道路に出た。

6

八雲は、大学の学食の窓際のテーブル席に座った。

頬杖を突き、いかにも楽しげに行き交う学生たちを、ぼんやりと眺めていた。

何がそんなに楽しいのか、八雲には理解できない。いや、そうではない。本当は理解している。彼ら彼女らは、未来に希望を持っている。だから、楽しく笑っていられるのだ。

自分の存在そのものを否定してしまっている八雲には、一生得られない感覚なのかもしれない。

「あの――斉藤さんですか？」

声をかけられ、顔を向けると、そこには一人の男が立っていた。

細面で身体の線が細く、いかにもファッション誌を真似ました――といった格好をしていた。おそらく、彼が雅巳だろう。

八雲が「雅巳さんですか？」と問うと、彼は「はい」とか細い声で答えた。

昨日、すぐに雅巳に連絡をして、直接会う約束を取り付けた。本当は、昨日のうちに会っておきたかったのだが、雅巳の都合で今日ということになった。

「まずは座って下さい」

八雲が促すと、雅巳はしきりに周りを見回したあと、向かいの席に腰掛けた。

見たところ、かなり萎縮しているようだ。まあ、そう仕向けたのは、誰あろう八雲自身だ。

雅巳に電話をした際、このままでは間違いなく呪い殺される——と散々脅しをかけたのだ。

そうでもしなければ、雅巳はこうして八雲に会いに来なかっただろう。

「あなたには、確認したいことが幾つかあります」

「何でも言います。だから、早くおれに取り憑いている幽霊を、何とかして下さい」

雅巳が涙目で懇願してくる。

少しばかり、脅しが過ぎたかもしれない。

「落ち着いて下さい。幽霊を祓う為にも、ぼくは正確な情報が欲しいんです」

「は、はい」

「あなたは、更紗さんとB棟の四階にある、開かずの部屋の前に足を運んだ。それは間違いありませんね」

「おれは、本当は行きたくなかったんだ。だけど、彼女が勝手に……」

言い訳がましい。ただ、そこを責めるつもりはない。八雲からしてみれば、情報が得られればどうでもいい。

「それで、あなたはどうしたんですか？」

「ドアの前まで行ったけど、何だか嫌な感じがしたから、おれは帰ろうとしたんだ。だけど、ドアの隙間から出ていた手に腕を摑まれて……」

「勘違いではなくて？」

「当たり前だ。凄い強い力だった。だから、それを振り払ったんだ。そしたら、今度は更紗が捕まって……」

「それで、あなたは逃げたんですね」

「仕方ないだろ！　あの状況でどうしろって言うんだよ！　おれには、どうしようもなかったんだ！」

雅巳はガタッと椅子を鳴らして立ち上がると、興奮気味にまくし立てた。

学食にいた学生たちの視線が、一斉にこちらに集まる。それに気付いたのか、慌てて椅子に座り直した。

どうやら、パニックになると周りが見えなくなるタイプのようだ。更紗を置いて逃げ出してしまったというのも、この性格故だろう。

「それで、逃げたあと、あなたはどうしたんですか？」

八雲が問うと、雅巳はばつが悪そうにうつむいた。

置き去りにした上に、放置したというのは、どうやら本当らしい。

「助けたかったけど、どうしようもないじゃないか。だって、相手は幽霊なんだぞ」

「友人に助けを求めるとか、手立ては色々とあったと思いますよ」

「そりゃ、おれだって友だちに相談したさ。だけど、誰もまともに取り合ってくれなくて……」

　雅巳は両手で顔を覆った。

　何だか、少しだけ妙な感じがする。

「でも、更紗さんの友だちは彼女を捜していたようです。その人たちに状況を説明すれば、もっと早くに見つけることができたはずです」

「おれ、彼女のこと、ほとんど知らないんだ。友だちが誰かも分かってなかったし……」

「親しい間柄ではなかったんですか？」

「可愛いなとは思ってたけど、おれはその……女子と話すのが苦手っていうか。だから、彼女と仲良くなったのも最近で、連絡先とかも彼女のメールしか知らないくらいで」

　雅巳の感じからして、コミュニケーションが苦手というのは間違いないだろう。

「それなのに、一緒に肝試しまがいのことをしたんですか？」

「だから、それは彼女が強引に……」

「分かりました」

　八雲は、雅巳の言葉を遮《さえぎ》った。

　あとは後藤の捜査結果待ち——ということになるが、今の雅巳の話で、事件の大筋は見えてきた。

「それで、おれはどうすれば」

雅巳がすがるように言う。

彼には最初から幽霊は憑依していない。適当にあしらってもいいのだが、それだとしつこく付きまとわれそうだ。

「そうですね。今から幽霊を祓いますので、取り敢えず背中を向けてもらえますか？」

八雲が促すと雅巳は、素直に椅子を反転させて背中を向けた。

「では、今から霊を祓います」

八雲は大げさな口調で言うと、テーブルソルトを手にすると、「色即是空――」と繰り返し呟きながら、雅巳の頭に塩を振ってやった。

ついでなので、テーブル胡椒も振っておいた。

最後に、両肩を何度か叩く。

除霊というより、料理をしている気分になったが、ただのパフォーマンスだから、何でもいい。

「これで大丈夫です」

八雲が告げると、雅巳は何度も拝み倒した上に、謝礼だと一万円札を差し出してきた。八雲は、遠慮なくそれを頂戴してポケットの中に押し込むと、学食をあとにした。

歩き始めたところで、ちょうど後藤からの電話が入った。調べるように頼んでいた例の事件についてだろう。

「何の用ですか？」

〈てめぇ！　せっかく調べてやったのに、どういう言い草だ！〉

後藤が相変わらずのデカい声でがなり立てる。

こんなにも沸点が低くて、疲れないのだろうか。まあ、怒らせた自分が考えるようなことではない。

〈俺の電話応対がどうこう文句を言ってる癖に、お前の方が酷《ひで》ぇじゃねぇか。俺は……〉

「講釈を垂れている暇があったら、さっさと結論を言って下さい」

このまま長々と後藤の文句を聞かされるのは苦痛だ。八雲は、近くのベンチに腰掛け、話を先に進める。

まだ何か言いたそうにしていた後藤だったが、この言い争いの無意味さを悟ったのか、ため息を吐きつつも話を始めた。

後藤からもたらされた情報は、非常に有意義なもので、八雲が抱いていた推測を裏付けてくれた。

矢口は、今回の心霊現象を呪いだと称したが、まさにその通りだった。

これは十五年前にかけられた呪いなのだ。

問題は、どうやって呪いを解くか——だ。その方程式は、途轍もない難問だ。

7

「失礼します」

八雲はドアをノックすると、返答を待たずにドアを開けて部屋の中に入った。

段ボールが乱雑に積み上げられていて、奥の様子は分からないが、それでも御子柴がいることは察しがついている。

八雲が段ボールの森を抜けると、案の定、御子柴はデスクの椅子にふんぞり返るように座っていた。

「調査は終わったのか？」

御子柴は、口の中で棒付きの飴を転がしながら訊ねてくる。

瞼は半開きで、いかにも眠そうな顔をしているが、それが作られたものであることが分かった。なぜかと問われると困るが、そう感じたのだ。

「ええ。だいたいは終わりました」

八雲は御子柴のデスクの前にある丸椅子に腰を下ろす。

「そうか。それは良かった」

御子柴が無表情に応じる。

「良くはありません。調査は終わりましたが、まだ心霊事件を解決した訳ではありませんから」

「そうなのか」

「ええ。それで、事件を解決する為に、御子柴先生に協力して頂きたいと思いまして」

八雲が口にすると、御子柴はふっと鼻を鳴らして笑う。

「駄目だ。今回はお前だけでやれ」

「どうしてですか？」

「ぼくが今回の件に関わると、バイアスがかかるからだ」

御子柴は、僅かに目を伏せる。

その背後に、薄らと人の影が見えた。最初に、御子柴の部屋に来たときもいた、あの男性の幽霊に間違いない。

本当は、あのときに気付くべきだった。

いや、そうではない。気付いていたのに、敢えて思考から追い出していたのだ。ただ、今の状況では、もう無視することはできない。

「どうして御子柴先生が関わると、バイアスがかかるんですか？」

「調査が済んでいるなら、分かっているはずだ」

「何のことでしょう？」

八雲は大げさに首を傾げてみせた。

御子柴は、その態度が気に入らなかったらしく、苛立ちの籠もった視線をぶつけてきたが、気付かぬふりをした。

「惚けるな。調査が終了しているのであれば、ぼくが関与を避けた理由も分かっているはずだ」

「まあ、そうですね……」

後藤からの情報で明らかになった。

今から十五年前、B棟の四階の一番奥の部屋で殺人事件があった。在学している女子学生の塩谷《しおや》冨美香《ふみか》、当時二十二歳が刺殺体となって発見された。

警察は、死体が発見された教室を使用していた数学の助教授を容疑者として逮捕した。しかし、自供を引き出せなかったばかりか、件の助教授にはアリバイがあった。結局、誤認逮捕ということで釈放されることになった。

だが、それで終わりではなかった。

週刊誌を始めとしたメディアは、大学の助教授が教え子を学校内で殺害したというセンセーショナルな話題に飛びつき、連日書き立てた。

真実でないにもかかわらず、悪いイメージを植え付けられたことで、件の助教授は出世の道を断たれただけでなく、勤務していた学校も辞めざるを得なくなった。

さらに、マスコミの取材が押しかけた上に、誹謗中傷のイタズラ電話やビラが撒かれるなどの陰湿な嫌がらせを受けるようになる。放火による小火《ぼや》騒ぎまで起きていたらしい。件の助教授は次第に精神を病み、自殺してしまったのだ。

誹謗中傷など無視すればいいと言う人がいるが、そんな簡単な話ではない。

真面目で実直な人間ほど、そうした悪意を正面から受け止めてしまう傾向にある。おまけに、この一件では、自宅の小火騒ぎまで起きている。つまり、自分のみならず、家族の命が危険に晒されていたのだ。

件の助教授が受けたダメージは、相当なものだったはずだ。

執拗な嫌がらせが続いた背景には、真犯人が逮捕されていないことも一因としてあっただろう。

警察が初動捜査で、助教授を犯人だと決めつけたのがそもそもの誤りだった。御子柴のように、バイアスをかけずにありとあらゆる可能性を視野に入れておけば、状況は変わっていたかもしれない。

そして――。

濡《ぬ》れ衣《ぎぬ》を着せられた件の助教授、御子柴岳彦《たけひこ》は、御子柴の父親だ。

心霊現象が起きているのがB棟の四階だと知り、御子柴は、それが十五年前の事件に起因するものであることを悟った。

だから、自分は捜査に関与しないという選択をしたのだ。関われば、親族として調査にバイアスをかけてしまうと感じたからだろう。

だが――。

「本当に、それだけですか？」

八雲が問うと、御子柴がぎろりと目を剝いた。

「何が言いたい？」

「御子柴先生が調査に関与しなかった理由は、バイアスをかけてしまうという懸念だけだったんですか？」

「そうだ」

即答だったが、それが本心だとは八雲には思えなかった。

「ぼくには、別の理由があるように思えてなりません」

「他に理由などない」

「では、これからどうするつもりですか？」

「どうする――とは？」

「ぼくは、これから事件を解決しに行こうと思っています」

「解決できるのか？」

「ええ。もう真相は分かっています。矢口さんの妹さんに憑依している幽霊を祓うことも可能です」

「ならば安心だな」

「できれば、先生にも一緒に来て頂きたいんですが……」

一瞬の間があった。

「どうしてだ？」

「これは、先生の事件でもあります。だから……」

「ぼくの事件ではない。父の件は十五年前に終わっている。これは、あくまで矢口君の妹が体験した心霊現象にまつわるものだ」

「本当に、そうお考えなのですか？」

「当たり前だ。父の件は誤認逮捕ということで決着がついている」

御子柴は口の中から、棒だけになった棒付き飴を取り出し、近くのゴミ箱に投げ入れた。が、ゴミ箱の角に弾かれて床に落ちる。

「御子柴先生は、本当にそれで納得しているんですか？」

「お前は何が言いたいんだ？」

後藤によると、自殺した御子柴岳彦の死体の第一発見者は、息子の御子柴岳人《がくと》だったそうだ。

自らの父親の自殺死体を発見した御子柴は、いったいどんな思いだったのだろう。もしかしたら、御子柴が他者を感情や印象ではなく、数字と結びつけてロジカルに判断するのは、そうした過去が影響しているのかもしれない。

御子柴の過去を知ったとき、八雲の中で彼に対する印象が大きく変わった。

辛《つら》く、苦しい経験を抱えながら、そこで腐ることなく御子柴は数学を学び、真実を追い続けてきた。

社会を憎むことも、悲観することもなく、ただ真っ直ぐに学問に邁進することで、自らを律し続けてきたのだ。

逃げることもできたのに、敢えて自分の父親と同じ数学の道に足を踏み入れた。そこには、相当な覚悟があったはずだ。

——ぼくとは大違いだ。

過去に潰され、自らの運命を悲観し、自らの血を呪い、殻に閉じ籠もってきた自分とは雲泥の差だ。

だから——。

「御子柴先生は、十五年前の事件を解決する為に、数学を学んでいる——違いますか？」

御子柴は、初めてこの部屋に来た日、八雲が動かしたチェスの駒から、それを指示しているのが父親の幽霊である可能性に行き当たった。

だからこそ、幽霊の存在を数学的に検証しようとしたのではないだろうか。そうすることで、父親の無念を晴らそうとした。

「違うな」

御子柴は、白衣のポケットから新たな棒付き飴を取り出し、口の中に放り込んだ。

「どう違うんです？」

「今さら、十五年前の事件の真相を暴いたところで何も変わらない。ぼくは、過去に囚われるつもりはない。自分の意思で、自分の人生を歩む。それだけだ」

思わずため息が漏れた。

御子柴の返答に落胆したからだ。

ついさっきまで、八雲は御子柴の意志の強さを賞賛していた。ところが、今の回答はどうだ。これは、単なる逃げに過ぎない。

呪われた運命から逃げた自分と同じではないか。同じなのだから、責めることはできないが、期待していた分、裏切られた気分にもなる。

「何れにせよ、今回の件にぼくが関わればバイアスがかかる。それは避けるべきだ」

御子柴は、棒付き飴を口から取り出し、八雲の眼前に突きつけた。

ここまで言うなら、もう放っておけばいい。分かっているはずなのに、苛立ちのせいか素直に応じることができなかった。

「もちろん分かっています。しかし、御子柴先生が、その程度で調査にバイアスをかけるとは思えません」

「人間は弱い生き物だ。自分に関連することになれば、必ずバイアスがかかる」

「それが本心ですか？」

八雲が問うと、御子柴の表情にさっと影が差した。

「どういう意味だ？」

「言葉のままです。先生の得意なゲーム理論に当て嵌めましょう。今回の一件において、御子柴先生が事件に関与した場合、バイアスがかかる可能性は何％ですか？」

「そうだな。七〇％といったところだろう」

——冗談は止《よ》してくれ。

八雲は小さく笑みを浮かべつつも、ホワイトボードの前に移動すると、マーカーで七〇％という数字を書き込む。

「ずいぶんと自己評価が低いですね」

「そんなものだろう」

「確かに、普通の人ならこれくらいかもしれません。しかし、御子柴先生は数学者です。主観的な感情よりも、客観的な数字を尊重する人です」

「買いかぶりだ」

「まあ、ご本人がそう仰るなら、七〇％と仮定しましょう」

八雲はホワイトボードに以下の記載をする。

事件調査において

バイアスがかかる確率七〇％

バイアスがかからない確率三〇％

「では、その先の話をしましょう。ぼくは、これから心霊現象を解決しようと思います」

八雲は指先でマーカーをくるくる回しながら御子柴に向き合う。

「だったら、さっさとやってしまえ」

「そうはいきません。残念ながら、ぼく一人で事件を解決できる確率は、精々一〇%弱くらいです」

「何処から算出した数字だ」

「今回の事件において重要なのは、犯人の説得です。この説得は、交渉の為の戦略も重要ですが、誰が行うかの方がより重要です」

「つまり、お前は交渉に向いていない——と？」

「ええ。残念ながら。今回の事件の解決の可否は御子柴先生の協力によるところが大きい」

八雲は、さっき書いた数字の下に、次のような文字を書き添えた。

事件解決

単独で実施　一〇%

御子柴先生の協力を得る　九〇%

「それで何が言いたい？」

御子柴の眉間に皺が寄る。珍しく感情が揺れているらしい。

「ここまで示せば、ぼくが説明するまでもないと思います。どの選択が事件解決という結論を導き出すのに、もっとも確率が高いかはお分かりですよね？」

確率で割り出せば、たとえバイアスがかかったとしても、御子柴が事件解決に関与した方がいいことは分かるはずだ。

「お前の期待値は後出しだ」

御子柴が七〇％という数字を出してから、八雲が九〇％という数字を出した。こちらが御子柴を誘導する為に、敢えて期待値として高い数値を出したと考えているようだ。

まあ、そう思うのは当然だし、御子柴がそう主張することは、最初から分かっていた。

「御子柴先生の仰りたいことは理解しています。では、ぼくの数字を変更しましょう」

八雲は、さっきの数字を御子柴の期待値に合わせて七〇％と三〇％に書き換えた。

「これでは、どちらを選択しても同じだ。だから、ぼくは事件には関与しない」

御子柴が椅子に座り直す。

「そうはいきません」

「お前もたいがいしつこいな」

「ええ。そういう性分なんです。実は、この数字には誤りがあります。言葉の綾と言った方がいいかもしれませんね」

「何だ？」

「御子柴先生は、調査にバイアスがかかるということを懸念しています。それで間違いありませんね」

「そうだ」

「先ほども言いましたが、調査はもう終わっています。後は解決するだけです。つまり、御子柴先生が、感情的なバイアスをかけたとしても、調査は終わっているので関係がない――ということです」

八雲は、ホワイトボードに書いた七〇%という数字に、×印を付けて消した。

「…………」

「さて、ここで改めて検証してみましょう。御子柴先生が関与するのとしないのとで、どちらが解決の確率が高くなりますか?」

「お前は、回りくどい奴だな」

「こうでもしないと、先生は納得しないでしょ」

「そうかもしれないな。でも、ぼくは事件解決にはタッチしない」

「どうしてですか?」

「関わるべきではないからだ」

「数字で示しているのに、それでも関わらない理由は何ですか?」

「ぼくが関わらなくても三〇%の確率で事件は解決できるのだろう。だったら、さらなる証拠を集めて確率を上げれば問題ない」

御子柴は、くるりと椅子を回して背を向けてしまった。

どうあっても、向き合うつもりはないようだ。子どものように、意固地になっているだけかもしれないが、これ以上の説得は難しいかもしれない。

いや、意固地になっているのは八雲の方だ。正直、御子柴がいようがいまいが、真相は看破しているから問題はない。そもそも、今回の心霊現象は解決の必要すらない。だったら、このまま放置してもどうということはない。

——それなのに。

どうも心の奥にモヤモヤとした感情が渦巻いている。

なぜ、他人のことで、こうも苛立ちを募らせなければならないのか。どうでもいいことのはずなのに——。

八雲は、苛立ちを募らせつつも、部屋を出て行こうとした。

だが、それを遮るように男性の幽霊が八雲の前に立ちはだかった。

何かを言いたそうにしているが、どうでもいい。

本人にやる気がないのだから、八雲がこれ以上、首を突っ込む道理もない。そもそも、こんな風に進路を妨害されたところで、相手は物理的な影響力を持たない幽霊だ。通り抜ければそれでいい。

そのはずなのに、気付いたときには御子柴の方を振り返っていた。

「逃げるんですね」

八雲が口にすると、御子柴が椅子を反転してこちらを見た。

「何だと？」

「ぼくには、バイアスをかけるなとか言っておきながら、ご自分は偏った考えのまま真実を確かめることもせずに、お逃げになるんですね」

自分でもびっくりするくらい大きな声が出てしまった。

驚いたのは、御子柴も同じだったらしい。珍しく、引き攣った表情を浮かべている。

部屋の中に妙な空気が流れる。

「ぼくが逃げていると、本気で思っているのか？」

「ええ」

「そうか。一緒にチェスの勝負をしたお前なら、分かっていると思っていたんだが——残念だ」

——何だ。その言い方。

それでは、こちらが見当違いのことを言っているみたいだ。

「ぼくは……」

「もういい。帰れ。これ以上の議論は無駄だ」

御子柴は椅子の背もたれに身体を預け、天井を仰ぎ見ながら長いため息を吐いた。

完全な拒絶。

「分かりました」

御子柴に付き合わされるのは、うんざりしていた。チェスも、幽霊の検証も、八雲からしてみればどうでもいいことだ。

もう、ここに来なくていいと思うと清々する。御子柴の我《わ》が儘《まま》に付き合うのは、もうこりごりだ。

それが八雲の本心だ。

立ち去ろうとしたところで、ふっと男性の声が耳を掠めた。

——解放してくれ。

八雲の耳には、そう響いた。

おそらく、すぐそこにいる御子柴の父親の幽霊が発したものだろう。いったい何からの解放を求めているのか。そもそも、誰に向けられた言葉なのか。

分からないことが多かったが、それでも、八雲はその言葉を伝えなければいけない気がした。

「最後に——お父様からの伝言です」

「…………」

「解放してくれ——だそうです」

御子柴からは、何の返答もなかった。

八雲は諦めのため息を吐くと、ドアを開けて部屋を後にした。

8

薄暗い廊下を、非常灯の緑色の光だけが照らしている——。

八雲は、真っ直ぐに廊下を進む。

心霊現象を解決する為に、この場所に足を運んだ。話を持ってきたはずの御子柴が、あの態度なのだ。本音で言えば、放置してもいい案件だ。

それに、八雲がここで真相を明かすことに、さして意味はない。それなのに、どうしてわざわざ心霊現象の真相を暴こうとしているのだろう。いくら考えてみても、結論は出なかった。

まあいい。中途半端な状態で投げ出すのは性に合わない。一度関わってしまった以上、御子柴のように投げ出すのは嫌だ。

さっさと切り上げて終わりにしよう。

「あなたが幽霊みたいね」

件の部屋のドアの前に立ったところで、背後から声をかけられた。

振り返ると、そこに立っていたのは矢口だった。昨日会ったときとは異なり、髪を纏めてお団子にしている。

「別に否定はしません」

事件を解決するので、この場所に来て欲しいと連絡しておいたのだ。

八雲は、元々血色が悪いことは自覚している。緑色の光のせいで、それが余計に際立ったのだろう。

「それで、更紗は——妹は助けてもらえるのよね？」

矢口は言質《げんち》を取ろうとしてくる。

その姿を見て、八雲は思わず笑ってしまった。

「それ、本気で言ってます？」

「ええ。本気よ」

矢口は真顔だった。

八雲は、それを見て思わずため息を吐くと、寝グセだらけの頭をガリガリと掻いた。やはり、来なければ良かったと思う。

今の矢口の態度からして、なかなか、面倒なことになりそうだ。

「そうですか……まあ、いいでしょう」

八雲は脱力して応じつつ、ドアを開けて部屋の中に入った。

壁の脇にあるスイッチを入れて、部屋の電気を点ける。目が眩《くら》んだが、それは一瞬のことで、すぐに慣れた。

黒板には依然として、血で書かれたメッセージが残されている。

「それで、どうやって事件を解決するの？」

後から部屋に入って来た矢口が、質問を投げかけてくる。

「そうですね。まず、この部屋に現れた幽霊の正体から明らかにした方がいいですね」

「幽霊の正体？」

「そうです。この部屋には、確かに幽霊が存在しています。ぼくは、一昨日、案内されたときに、それを目撃しています」

「それは本当なの？」

矢口が懐疑的な視線を送ってくる。

「ええ。今も、すぐそこにいます」

八雲は、ゆっくりと部屋の奥を指さした。

嘘でもはったりでもない。八雲が指し示した先には、一人の女が立っている。矢口には見えないだろうが、八雲の左眼にはその姿が映っている。

血に塗《まみ》れた顔で、じっとこちらを見据える目は、何処か哀しげだ。

「へえ。そうなんだ」

矢口は無表情に言う。

「あなたは、妙な人ですね」

「何が？」

「矢口さんは、幽霊なんて存在していないと思っている。違いますか？」

「どうしてそう思うの？」

矢口が小首を傾げる。

「理由は色々あります。まず、何の躊躇《ためら》いもなく、この部屋に入りましたよね。ここは仮にも、幽霊が出た部屋です。存在を肯定しているなら、相応の反応があって然るべきです」

「幽霊を怖いと思っていないからよ。幽霊は、死んだ人の想いの塊のようなもので、物理的な影響力を及ぼさない——あなたがそう言ったんでしょ」

「まあ、そうですね。怖がっていないにしても、やはり反応がおかしいんですよ」

「どうして？」

「ぼくは、さっき幽霊がいると指差しました。あなたは、驚くどころか反応すらしなかった」

指を差しているにもかかわらず、見ようともしないというのは、端《はな》からその存在を信じていないからだ。

「嫌なところに気付くのね」

矢口が軽く舌打ちをする。

「そういう性分なんですよ」

「でも、私が幽霊の存在を信じていなかったとして、何か問題でもあるの？」

矢口がずいっと八雲との距離を詰めて来た。

完全な開き直りだ。いや、それも少し違うか。矢口は、元から隠すつもりなどなかった。それは、これまでの態度で明らかだ。

「問題なら ありますよ。あなたが立場を変えるせいで、ややこしいことになっています」

「さっきから何を言っているの？」

「分かりませんか？」

「分からないから訊いているのよ」

——参ったな。

話が全然、前に進まない。今の矢口は、事件の真相を明らかにする気がない。その理由ははっきりしている。

御子柴がこの場にいないからだ。

「もうこんな探り合いは止めませんか？」

「だから何の話をしているの？」

矢口は、苛立ちからかコツコツと靴で床を鳴らす。嫌な音だ——。

「正直、こんなことに巻き込まれて迷惑しているんです。ぼくとしては、さっさと終わらせたい」

「だったら、早くやりなさいよ」

「もちろんそのつもりです。でも、あなたはそれを望んでいない」

「いい加減にして。心霊事件を解決できるとか言って、結局、何もできないんでしょ。それを、私のせいにしている。違うかしら？」

早口に言う矢口を見ていて、どうでもよくなってきた。

矢口にどう思われようと知ったことではない。こんなやり取りは、もう終わりにした方が良さそうだ。

「ええ。そうですね。ぼくには何もできませんでした。それで終わりです」

八雲はそれだけ言うと矢口に背中を向けた。

この部屋に彷徨っている女性の幽霊に対して、罪悪感がないと言ったら嘘になるが、こういう状況になった以上、どうすることもできない。

「お前は、途中で問題を放棄して逃げる気か？」

声とともにドアが開き、御子柴が正義の味方のマントよろしく、白衣を翻しながら部屋に入って来た。

八雲は、その姿を見て思わず笑ってしまった。

9

「何しに来たんですか？」

八雲は、目の前に立つ御子柴をまじまじと見たあと、一応、訊ねてみた。

「お前はいつからそんなアホになった。心霊事件を解決する為に決まっているだろ」

——関わらないと言った癖に。

「ぼくは、来ないと思っていました」

「どうしてだ？」

「どうしてって……」

——自分に都合の悪いことは、全部忘れるつもりか？

政治家じゃあるまいし、最低の人間だな。まあ、追及したところで意味はない。御子柴がここに来たのであれば、プランを変更するだけのことだ。

「まあ解決に来たとは言ったが、あくまでぼくは傍観者だ。お前がどのように呪いを解くのか、その解法を見せてもらおう」

ずいぶんと横柄な物言いだ。

だが、不思議と腹は立たなかった。この人には、何を言っても意味がない。

それに、この場に御子柴が現れたことで、矢口の考えは大きく変わるはずだ。茶番に付き合わされている感じがするが、まあいいだろう。

「では、御子柴先生もいらっしゃってくれたようですし、今回の事件について説明します」

八雲は仕切り直すように言う。

御子柴は、「早くやれ」と偉そうに言いながら、近くにあったデスクの上に座る。矢口は緊張した面持ちで顎を引いて頷いた。

「矢口さんの妹である更紗さんと、その知人である雅巳さんは、この部屋の前で幽霊を目撃した――それに間違いありませんね」

矢口が「そうよ」と頷く。

「そして、更紗さんは幽霊に憑依され、今も意識混濁の状態が続いている。所謂《いわゆる》、憑依現象というわけです」

「さっさと妹を救って頂戴」

矢口がずいっと詰め寄って来る。

――つまらない芝居を。

「話は最後まで聞いて下さい。心霊現象は、もう一つあります。それは、黒板に書かれた〈私は、あなたを許さない〉という文字です」

八雲は、そう言って黒板を指差した。

御子柴は、鼻が付くほどに黒板に顔を近付け、まじまじとその赤黒い文字を見つめている。

「下手くそな字だな」

御子柴がぼやいたが、他人のことを言えた義理ではない。が、今はそれは関係がない。

「そこに書かれている文字ですが、人間の血液で書かれていることが判明しました」

「ほう。それは興味深いが正確なデータなのか？」

「警察の捜査に協力している監察医からの情報です」

「ＤＮＡ鑑定をやれば、血液が誰のものかを判明させることができるな」

「ええ。但し、それには相応の時間もかかりますし、比較対象が必要になります」

「まあそうだな」

御子柴が、顎に手をやりながら頷く。

血液型や性別といった大まかなことを割り出すことは可能だが、誰の血液であるか特定する為には、比較対象が必要だ。

「ただ、比較対象が無くても、誰の血液であるかは見当がついています」

「誰だ？」

「それについては、今はまだ伏せておきます。事件を解決する為には、情報を開示する順番が大事ですから」

「同感だ。進めろ」

御子柴が先を促す。

「事件を解決する為に、まず十五年前にこの部屋で起きた殺人事件について説明しておかなければなりません」

八雲はちらりと御子柴に視線を送る。

御子柴から返事はなかったが、先に進めろという風に視線で促してきた。

「十五年前、この大学の理工学部の女子学生が、この部屋で刺殺体となって発見されました。容疑者となったのは、当時助教授だった御子柴岳彦さん。御子柴先生の父親です」

八雲が告げると、矢口が口に手を当てて「そ、そんな……」といかにも驚いた表情を浮かべる。

──猿芝居だな。

八雲は、舌打ちをしつつ、寝グセだらけの頭をガリガリと掻く。

「そのとき殺害された女性、塩谷さんの幽霊は、今も現世を彷徨っています。今、そこに立っています」

八雲は教室の隅を指差した。

御子柴は、八雲の指し示した場所に目を向けるが、何も見えないらしく、おどけたように肩を竦める。

相変わらず、矢口は視線を向けようともしない。

「つまり、そのとき殺された女性の幽霊が、何かを訴えて、黒板に血文字を残し、私の妹に憑依した——ということね」

　矢口は、さっきまでの驚きの表情から一転、淡々とした調子で告げる。

「ええ。誰かが、ぼくたちにそう思わせようとした」

「思わせようとした？　どういうこと？」

「今回の事件は、心霊現象を偽装することで、ぼくたちにメッセージを伝えようとしていたんですよ」

「意味が分からないわ」

「そうですか。では、順を追って説明しましょう。まず、さっきも言ったように、すぐそこに十五年前に亡くなった女性、塩谷さんの幽霊がいます」

　八雲は改めて部屋の隅を指差した。

「そこに幽霊がいることは、証明できないのか？」

　御子柴が訊ねてくる。

　残念ながら、見えない人に対して、そこに幽霊がいることを証明するのは難しい。悪魔の証明だ。

「無理ですね。あくまで、ぼくの言葉を信じてもらうしかありません」

「仮に、お前の言葉を信じるとしよう。ただ、そうなると、今そこに幽霊がいるのだとすると、辻褄《つじつま》が合わなくなってしまうのではないか？」

　御子柴は、そう言うと白衣のポケットから棒付きの飴を取り出し口の中に放り込んだ。

その発言を聞き、八雲は思わず笑みを零《こぼ》した。

やはりそうだ。御子柴は八雲の意図を悟り、敢えて話に乗ってくれている。つまり、彼も既に真相に気付いているということだ。

それに気付くのと同時に、もう一つの謎が解けた気がした。

もしかしたら、御子柴は心霊現象が持ち込まれた段階で、既に事件の真相を見抜いていたのかもしれない。

つまり、御子柴が事件に関与しなかったのは、父親のことから目を背けていたからではなく、無言の警告だったのではないだろうか。もう、こんなことは止めるべきだ——という強いメッセージ。

「辻褄が合わないって、どういうこと？」

矢口から発せられた疑問により、八雲は思考を元に戻す。

「至極単純なことです。矢口さんの妹である更紗さんに、幽霊が憑依していたのだとしたら、今ここに幽霊がいるはずがないのです」

「でも、今は妹から離れて、この場所にいるということで説明できるんじゃないの？」

矢口は眉間《みけん》に皺を寄せる。

「それはあり得ません」

「どういうこと？」

「簡単な話です。更紗さんに、幽霊は憑依していなかったんです」

「何を言っているの？」

矢口が唖然としたように大きく口を開ける。

――白々しい。

「矢口さんも、そのことは分かっていましたよね。最初から」

「は？　何のこと？」

矢口は狼狽して声を荒らげる。

おそらく、これは演技ではなく素の反応だろう。

「惚けるのは止めて下さい。ぼくは幽霊が見えるんです。憑依しているか否かは、すぐに判断できます」

八雲が更紗に幽霊が憑依していないと判断したのは、幽霊の姿が見えなかったというのもあるが、それだけではない。

あのとき、更紗は化粧をしていた。おまけに、目にはカラーコンタクトレンズを入れていた。一日ならまだ分かるが、家族が傍にいて何日もあの状態だったというのは無理がある。

「幽霊が見えるというのは、あくまであなたの主観でしょ。それを鵜呑みにする訳にはいかないわ」

「まあそうなるでしょうね。さっきも言いましたが、あなたは、幽霊の存在を端から信じていない。そうでしょ」

「懐疑的なだけよ」

「いいえ。信じていないんです。その証拠に、ぼくが幽霊がいると指差しても、反応すらしませんでした」

「そうね。あなたの言う通り、幽霊の存在を信じてはいないわ」

　ようやく矢口が認めた。だが、その発言は選択ミスと言わざるを得ない。

「おかしいですね。幽霊の存在も、ぼくが見えることも信じていないのに、どうして心霊現象の解決を依頼したのですか？　その上、妹さんに幽霊が憑依していると主張する始末です」

「信じてはいなかったけど、妹の様子が明らかにおかしかった。すがりたくなるのはいけないことなの？」

「切羽詰まっていたのなら尚のこと、信じてもいないものにすがるはずがありませんよね」

　幽霊に限らず、神だろうが仏だろうが、すがるときには、何処かに信じる気持ちがあるものだ。

　それが一切ない状態ですがるというのは、どうにも不自然だ。

　矢口は悔しそうに下唇を噛む。だが、まだ諦めていないのは、その目を見れば明らかだ。

「仮に、あなたの言う通りだとして、どうして私がそんなことをする必要があるの？　無意味なことじゃない」

　論法を切り替えてきたが、もう遅い。

　幽霊の存在を信じていないのに、心霊現象を持ち出した時点で、彼女の計画は破綻《はたん》することが決まっていたのだ。

そして、御子柴もそれを分かっていた。

「意味はあります。あなた方は、ぼくを騙《だま》そうとしたんです。正確には、騙そうとしたのは御子柴先生ですよね」

「な、何を言っているの？　どうして、私たちが御子柴先生を騙そうとする必要があるの？」

「御子柴先生に、メッセージを伝える為です」

八雲はちらりと御子柴に目を向ける。

視線に気付いているはずだが、当の御子柴は口の中で棒付き飴を転がし、素知らぬふりだ。

「メッセージですって？」

「そうです。あなた方は、心霊現象をでっち上げることで、ぼくを巻き込み、十五年前の事件に関して、御子柴先生にメッセージを伝えようとしたんです」

「メッセージって何のこと？」

「一つはこれ――」

八雲は黒板に書かれた文字を指差した。

「これを私が書いたと？」

幽霊が書いたと思わせているが、実際は違う。これを書いたのは、おそらく矢口だ。

「そうです」

「冗談は止めて。どうして、こんな悪趣味なことをしなければならないの？」

「だから、これがメッセージなんですよ」

「こんなことを書いても、意味がないでしょ」

「これ一つだけならそうです。メッセージは、もう一つありました」

「何？」

「幽霊に憑依されたふりをしていた更紗さんの言葉です」

「言っている意味が分からないわ。あなたは、私の妹が騙す為に、演じていたと言いたいの？」

矢口は、ぐっと目に力を込めて八雲を見据える。

が、それを怖いとは思わなかった。

「だから、さっきからずっとそう言ってるじゃないですか。一緒に心霊現象を体験した雅巳さんからも話を聞きました。雅巳さんは、更紗さんとは、それほど親しくはなかったようですね。それなのに、あの日、一緒に行動した」

「偶々でしょ」

「幽霊を見に行こうと言い出したのも更紗さんです。偶々、一緒になった人と、わざわざそんなことをしますか？」

「何が言いたいの？」

「更紗さんは、心霊現象をでっち上げる為に、目撃者として雅巳さんを利用したんです。彼を選んだのは、極端に臆病な性格だということを、知っていたからでしょう。心霊現象を目撃したあと、逃げてもらわなければなりませんでしたからね」

「それだけが理由で、心霊現象が捏造《ねつぞう》だと断言するのは、乱暴だと思うわよ」

「もちろん、それだけではありません。雅巳さんの証言では、幽霊に腕を引っ張られたと言っています」

「それがどうしたの？」

「ぼくは、幽霊は物理的な影響力を持たないと考えています。つまり、幽霊が腕を引っ張ることはできないんです」

「…………」

「おそらく、彼の腕を引っ張ったりしたのは、あなたですよね。あなたが、幽霊のふりをして、待ち構えていたという訳です。幽霊が見えるぼくからしたら、あなたたちのやっていることはとんだ茶番ですね」

八雲の主張を矢口が笑った。

「それは、あくまであなたの考えでしょ。茶番は、あなたの方よ」

——これでは平行線だ。

「矢口君。彼に幽霊が見えている可能性は、極めて高い」

御子柴が口を挟んだ。

「み、御子柴先生……」

「全てが正しいとは言わないが、そうでなければ説明できない事例があることを、これまでの検証で確認している。彼の定義は正しい」

「でも……」

「では、矢口君に聞きたい。彼が、十五年前に父親とぼくが指したチェスの手を逆再生してみせたことは、どう説明する？　偶然とは呼べない天文学的な数字になることは、矢口君にも分かるだろ」

――やはりそうか。

あのとき、御子柴の父親の幽霊が、チェスの駒を動かすように指示してきたのは、確率を使って自分の存在をアピールする為だったのだろう。

誰よりも数字を重んじる御子柴に、幽霊の存在を認めさせるのには、最も効率的な方法だったという訳だ。

「わ、私は……」

「矢口君がやろうとしていたことは分かっている。十五年前、塩谷という女子学生を殺害したのは、矢口君の祖父なのだろう。矢口君は、偶然にもそのことを知った」

矢口が驚愕の表情を浮かべ、ふらふらと後退《あとずさ》る。

ただ、驚いたのは矢口だけではない。八雲もまた、驚きを隠せなかった。

八雲は、更紗が呟いた言葉を聞き、まだ捕まっていない真犯人が矢口副学長であることを報された。

矢口たちは、そのメッセージを御子柴に伝えようとして、今回の心霊現象を仕組んだのだ。

詳しく分析してみないと分からないが、おそらく黒板に付着した血は、矢口副学長のものだろう。

現在、アルツハイマー型認知症で療養中の副学長から、矢口が血液を採取し、それを使用して文字を書いたのだ。

彼こそが犯人であると暗示する為に――。

おそらく、矢口たちがその事実を知ったのは、ごく最近のことだろう。アルツハイマー型の認知症患者は、心が過去に帰ってしまうことがある。そうやって、思わぬ思い出話を語り出したりすることがある。

その中で、矢口副学長は自らの罪を告白したと推察される。

それを知った矢口だったが、証拠は何一つ残っていない。自分の祖父のせいで、御子柴の父親が自殺し、御子柴自身も苦しんだはずだ。せめてもの罪滅ぼしに、真犯人は矢口副学長であることを伝えようとしたのだ。

矢口には、祖父のやったこととはいえ、御子柴に対して拭いきれない罪の意識が芽生えてしまった。だから、御子柴との交際は許されないと口にしたのだ。

ただ――。

驚かされたのは、八雲が、今回矢口姉妹によって誘導されて辿り着いた結論を、御子柴は既に導き出していたということだ。

「御子柴先生……今のは……」

矢口が震える声で問う。

「何をそんなにバカみたいに驚いている。ぼくが、ただ黙ってあの事件を過去のものにするとでも思っていたのか？」

「…………」

「時間はかかったが、あらゆるデータを収集し、分析した結果、父が犯人ではあり得ないという論拠とともに、真犯人が誰かという結論を導き出すくらい、造作もないことだ」

　本当に凄い人だ。十五年前の事件の真犯人を、警察より早く割り出してしまうこともそうだが、矢口の思惑など、最初から看破していたという訳だ。

　正直、出る幕などなかった。

「だったら、最初からそう言って下さい。検証なんて必要なかったでしょ」

「そうでもない」

「え？」

「ぼくが、真犯人を割り出せたのは、ある閃《ひらめ》きがあったからだ。いや、正確には導きの声だな」

「導きの声？」

「ああ。ある日、あの部屋で死んだはずの父の姿を見たんだ。そして、父はぼくに一つのアドバイスをくれた」

「アドバイス——ですか？」

「正確には、犯行が行われた時間に父が何をしていたかだ。ただ、そのとき見た父の幽霊は、ぼくの見間違いかもしれない。父の無実を信じて止まないぼくの思考が生み出したバイアスの可能性があった。そんなとき、お前に出会ったんだ」

——なるほど。

ようやく全てに合点がいった。

御子柴が執拗に幽霊の存在の有無を検証しようとしていたのは、そういう理由があってのことだったのか。

「で、御子柴先生はどうするつもりなんですか？」

「もちろん、当時の担当刑事に資料を持っていって、全てを説明するつもりだ」

「父親の無念を晴らす為ですか？」

「ぼくは、未解決の問題が放置されているのが許せないんだ。数学者として——」

「そうですか」

御子柴らしい。彼は、真犯人に罰を求めている訳ではない。まして、恨みや憎しみにも流されない。

ただ、自己満足として未解決の問題を解いてみせただけなのだ。

もしかしたら、自分自身も御子柴のような生き方ができたら、少しは楽になるのかもしれない。

「申し訳ありません。お父様はもちろん、御子柴先生の人生を壊すような真似をしてしまい、何とお詫びしたらいいか……」

矢口がわっと声を上げたかと思うと、その場に頽《くずお》れた。

祖父の罪を知った矢口は、相当に苦しんだだろう。八雲がそうであるように、自らの身体に犯罪者の血が流れていると思うと、それだけでおぞましい。

おまけに、祖父の罪は裁かれることなく、別の人間に飛び火して、その人生を狂わせていたのだ。

しかも、その相手が、尊敬し、想いを寄せる御子柴の父だった——。

詫びたいが、正直に話すことができない。だから、こんな回りくどい手段を講じたのだ。

「なぜ謝る？」

御子柴はむせび泣く矢口の前に立った。

「わ、私は……」

「矢口君が謝罪したところで、得られる利得は一つもない。そんなことより、先週頼んでおいた資料がまだできていない。さっさと提出しろ」

矢口が「え？」と顔を上げた。

それは驚きもするだろう。御子柴の父親を自殺にまで追い込んだ祖父の犯罪を、そんなこと呼ばわりした挙げ句、資料の提出を優先しろと言っているのだ。

「で、でも……」

「さっきも言ったが、十五年前の事件については、ぼくが警察に話をつけてくる。真相は明らかになる。矢口副学長の犯罪は、許されざることだが、それを裁くのはぼくでも矢口君でもない。まして、矢口君が罪の意識を感じるような問題でもない」

「…………」

「安心しろ。矢口君は優秀だ。祖父の罪でその実績が損なわれないように、最大限に便宜を図るつもりだ」

「せ、先生……」

矢口は、床に突っ伏すと慟哭《どうこく》した。

その叫びに呼応するように、部屋の隅に立っていた女性の幽霊の姿が、すうっと闇に溶けていった——。

希望的な観測かもしれないが、おそらく彼女も気が済んだのだろう。

御子柴は、泣き続ける矢口に向かって「資料の提出を忘れるな」と言い残すと、白衣を翻し颯爽と歩き去って行った。

——本当にとんでもない人だ。

八雲は、その背中を見送りながら苦笑いを浮かべた。

エピローグ

八雲が講義を受け終えて部屋に戻り、椅子に座るとタイミングを見計らったように、御子柴が部屋に入って来た。

相変わらず白衣を纏い、ぼさぼさの髪をしていた。手には何故《なぜ》か紙袋をぶら提げている。

「御子柴先生――」

八雲が御子柴の部屋に呼び出されることが多かったので、こうやって御子柴が訪ねて来るのは珍しい。

「ちょっと用事があってな」

御子柴はそう告げると、八雲の向かいにある椅子に腰を下ろした。

「事件のことですね」

矢口が仕組んだ呪いを解いた一件から、一週間が経過している。このタイミングでの来訪は、あの事件のことについてだろう。

「何を言っているんだ。どうしてぼくが、終わった事件のことを、くどくどと話しに来なければならないんだ」

「違うんですか?」

「当たり前だろ。ぼくは、チェスの勝負をしに来ただけだ」

冗談かと思ったが、御子柴はいたって真剣らしく、紙袋の中からごそごそとチェス盤を取り出し、テーブルの上に置いた。

「本当にやるんですか？」

「当たり前だろ」

御子柴は、鼻息荒く言うと、チェスの駒を配置し始めた。

「事件のこと、気にならないんですか？」

八雲は、半ば呆れながらも駒の配置を手伝いながら口にする。

「どうしてだ？」

「どうしてって……御子柴先生の父親の無実が改めて証明されたんですよ」

「何を今さら。ぼくは、そんなことは最初から分かっていた。そもそも、警察は十五年前に誤認逮捕であることを認めていたじゃないか」

「そうかもしれませんけど、世間は違ったわけで……」

「世間の評価など知ったことか。そんな曖昧なものに目を向けるから、自分を見失うんだ。数字は嘘を吐かない。それを信じればいい」

御子柴らしい回答だ。

導き出した数式が正しいのであれば、周囲の印象や感情など関係なく、己を貫くべきだという確固たる信念があるように感じる。

八雲も、御子柴のように、弾き出された数字を信じていれば、心が揺れ動くことはないのだろう。

自分の運命を割り切り、事実にだけ目を向ける。それは、どこまでも真っ直ぐで純粋な生き方だと思う。

だけど――。

誰もが御子柴のようにはいかない。理屈で分かっていても、心が揺れてしまう。御子柴の父親がそうであったように。もちろん、八雲自身にも言えることだ。

「何をにやついている？」

「別に、にやついてなんていませんよ」

否定はしてみたが、頬に手を当ててみると、確かに筋肉が緩んでいた。

「そんなことでは、勝てないぞ」

「本当にチェスをやるんですか？」

御子柴は、口の中に棒付き飴を放り込むと、ポーンの駒を前に進める。

「当然だ。その為に来たんだからな」

「だったら、いつもみたいに、ぼくをご自分の部屋に呼べば良かったじゃないですか」

八雲がポーンの駒を動かしながら答えると、御子柴は盛大にため息を吐いた。

「できればそうしたい。だが、最近、面倒な奴がぼくの研究室に出入りするようになった」

「面倒な奴？」

「警察だよ」

「どうして警察が？」

「奴らは、ぼくが父親の事件の真相を、数学を用いて解き明かしたことに感銘を受けたらしい」

「サインでも貰いに来てるんですか？」

　八雲が言うと、御子柴はふんっと鼻を鳴らして笑った。

「サインくらいなら、幾らでもくれてやる。あいつらは、ぼくに警察のアドバイザーになれとか言ってきているんだ」

「アドバイザーですか……」

「まったくアホらしい。事件の真相を暴いたといっても、難しいことは何もしていない。ただ、得られた情報から確率を分析して積み重ねたに過ぎない。警察は、印象だけで捜査にバイアスをかけたんだ。それがそもそもの失敗だったんだよ」

「バイアス――ですか」

「そうだ。お前と一緒だな」

　耳が痛い話だ。八雲も、御子柴とかかわった最初の事件のとき、同じ過ちを犯した。

　あらゆる可能性を視野に入れる――肝に銘じておこう。

「それで、御子柴先生は、アドバイザーの話は受けるんですか？」

「愚問だ。ぼくにいったい何の利得があるんだ」

　御子柴が憤慨するのも頷けるし、同情もする。

ゲーム理論に当て嵌めれば、協力することで得られる利得はほとんどない。その癖、かかる労力は大きい。協力するという選択は間違いだ。

頭では分かっている。だが、そう単純ではないのが人間だ。だから、八雲は何だかんだ後藤に協力をしてしまったりするのだが、御子柴なら、情に動かされることなく、冷静な判断をすることだろう。

——本当にそうだろうか？

八雲の中に、ふと疑問が浮かんだ。

「そういえば、御子柴先生。何時《いつ》から、矢口さんの計画に気付いていたんですか？」

八雲が問うと、御子柴はチェスの駒を持ったまま、ピタリと動きを止めた。

「心霊事件発生前からだ」

「発生前って、それはいくら何でも……」

「ぼくの目を節穴だと思っているのか？　矢口はぼくの助手だ。その行動パターンから、何か企んでいることは明らかだった」

「行動パターンに変化があったということですか？」

「そうだ。正確には、レポートの内容から判断し、集中力が著しく低下していることに気付いたのがきっかけだった」

——なるほど。

相手の表情や言動ではなく、レポートの内容から、その精神状態を判断するというのは、御子柴らしい思考だ。

あくまで、ロジカルに見ていたという訳だ。ただ、そうなると余計に気になる。

「矢口さんを、今後どうするおつもりですか？」

「質問の趣旨が分からん」

御子柴がチェス盤を見据えたまま答える。

「御子柴先生の父親に、濡れ衣を着せたのは、矢口さんの祖父です」

心霊事件解決の翌日にこの世を去ったが、十五年前の事件の真犯人であったことが判明して騒がれている。

矢口は、御子柴に想いを寄せながらも、そのことを知ってしまったせいで、葛藤を抱えていたのだ。

御子柴からしても、複雑な心境のはずだ。

「だからどうした」

「え？」

「矢口の祖父と矢口は、全く別の人間だ。責任を感じる必要もないし、祖父が殺人を犯したからといって、矢口の能力に疑義が生じる訳でもない」

御子柴の言葉に迷いはなかった。

どこまでも、ロジカルに思考する。感情を無理矢理排除しているのではなく、それが正しいことだと心の底から信じている。

自分も、いつか御子柴のような信念が持てるだろうか？　もしそれができたなら、少しは前に進めそうな気がする。

「そうですか。では、矢口さんと恋愛関係になることについても、全く問題ない訳ですね」

余計なお節介だと思いつつも、口に出してしまった。

「お前は、いつからそんなに頭のネジが緩んだんだ？」

「別に緩んではいませんよ。真剣に訊いているんです。その可能性は何%ですか？」

「確率を問うのであれば、正確な材料を提示するべきだ。まずは、恋愛の定義から始めよう。恋愛を脳内のアドレナリンやノルエピネフリン、ドーパミンが上昇した状態だと考えた場合であるが、この仮定に異議はないか？」

「いや、そういう話ではなくて……」

「脳がこのような状態になるのは、生物の生殖本能によるものだと言われている。つまり、子孫を残す為に、恋愛という状態になっているということになる。ただし、これはあくまで生物学的な話だ。現代社会において、生殖し子孫を残すことが、必ずしもその人の存在意義であるとは限らない。そうなると……」

「その話は長くなりますか？」

八雲は、手を翳《かざ》して御子柴の言葉を遮った。

「もちろんだ。まだ、始まったばかりだ」

「もう結構です。この話は忘れて下さい――」

御子柴に恋愛の話を振ったのが間違いだった。究極のロジカル思考である御子柴は、恋愛すら数値化しようとするに違いない。

「途中で止めるなら、質問なんかしてくるんじゃない」

「すみません」

色々と言いたいことはあるが、取り敢えず詫びておいた。

「さて、ではチェスを進めようじゃないか」

御子柴が手を擦《こす》り合わせながら言う。

「いつまで、チェスの検証をやるんですか？」

「言っておくが、これは検証ではない。純粋に、お前と勝負しに来たんだ」

「は？」

「だから、これまではチェスの検証兼トレーニング期間だった。これからが本番という訳だ。何なら、これまでの対戦成績をチャラにしてやってもいいぞ」

検証ではなく、ただ単に暇潰しに来たということか。本当にうんざりする。

ため息を吐いたところで、八雲の頭に一つ考えが浮かんだ。

「それってつまり、心霊現象の検証は、もう終わったということですよね」

今回の事件で、御子柴の一番の懸案事項であった父の件は解決したのだから、検証は終了ということになる。

「お前は、人の話をちゃんと聞け。ぼくは、チェスの検証と言ったはずだ。お前がルールを知らないということに対する実証検証が終わったに過ぎない」

「はあ……」

「幽霊については、まだまだ納得した訳ではない。いや、むしろ、より一層、興味が湧いたと言っても過言ではない。ぼくの気が済むまで、お前には付き合ってもらうぞ」

御子柴は口の中で棒付き飴を転がしながら、クイーンの駒を動かした。

どうやら、この人からは逃げられないらしい。

八雲は頭を抱えた。

だが、うんざりしている反面、少しだけ、ほんの少しだけ、心が躍っていたのも事実だ。

初出「小説現代」二〇二一年七月号～九月号

神永 学（かみなが・まなぶ）

1974年山梨県生まれ。日本映画学校卒業。2003年『赤い隻眼』を自費出版する。同作を大幅改稿した『心霊探偵八雲 赤い瞳は知っている』で2004年にプロ作家デビュー。代表作「心霊探偵八雲」をはじめ、「天命探偵」「怪盗探偵山猫」「確率捜査官 御子柴岳人」「浮雲心霊奇譚」「殺生伝」「革命のリベリオン」などシリーズ作品を多数展開。著書には他に『悪魔と呼ばれた男』（講談社文庫）『悪魔を殺した男』（講談社）『イノセントブルー 記憶の旅人』『コンダクター』『ガラスの城壁』などがある。本書は「心霊探偵八雲」シリーズの講談社刊行作品第一作。講談社文庫から『青の呪い 心霊探偵八雲』も連続刊行。

心《しん》霊《れい》探《たん》偵《てい》八《や》雲《くも》 INITIAL《イニシアル》 FILE《ファイル》 魂《たましい》の素《そ》数《すう》

2021年12月6日 第1刷発行

著者 神《かみ》永《なが》 学《まなぶ》
発行者 鈴木章一
発行所 株式会社講談社
〒112-8001 東京都文京区音羽2-12-21
電話 出版 03-5395-3505
販売 03-5395-5817
業務 03-5395-3615

本文データ制作 講談社デジタル製作
印刷所 豊国印刷株式会社
製本所 株式会社若林製本工場

ISBN978-4-06-525714-2
N.D.C.913 318p 20cm

KODANSHA

神永学
〔悪魔と呼ばれた男〕シリーズ
〈大好評発売中！〉
悪魔に操られるのは警察？
傑作サイコ・ミステリー。
警視庁特殊犯罪捜査室が
猟奇殺人犯を追う！
神永学
悪魔と呼ばれた男
Manabu Kaminaga
a Man called DEVIL
第一弾
『悪魔と呼ばれた男』
講談社文庫｜定価：968円（税込）
悪魔を殺した男
神永学
Manabu Kaminaga
a Man who killed the DEVIL
第二弾
『悪魔を殺した男』
単行本｜定価：1925円（税込）
ト：鈴木康士